Santas GEHEIMNISSE

K.C. WELLS

Dies ist eine erfundene Geschichte. Namen, Figuren, Orte und Begebenheiten entstammen der Fantasie der Autorin oder werden fiktiv verwendet. Ähnlichkeiten mit lebenden oder verstorbenen Personen, Firmen, Ereignissen oder Schauplätzen sind vollkommen zufällig.

Gegenwart

Weihnachtsabend

Ich schaute auf die Uhr. Fast Mitternacht. Das hieß, dass er jeden Moment kommen würde. Schmetterlinge randalierten in meinem Bauch, und ich hatte feuchte Hände.

Was soll ich ihm sagen? Was, wenn ich ja sage, und er hat es sich anders überlegt?

Kann ich denn ja sagen?

Ich hatte ein ganzes Jahr lang an nichts anderes gedacht. Nein, länger, um ehrlich zu sein. Die Idee war mir bereits 2014 gekommen, als er endlich sein Geheimnis gelüftet hatte, und seither hatte ich mich damit beschäftigt.

Eingehend.

Acht Jahre waren eine lange Zeit. Seit acht Jahren tanzten wir um das Thema herum, ohne es je offen anzusprechen und in Worte zu fassen. Und das letzte Jahr war hart gewesen.

Kein Mensch hat je vor einer solchen Wahl gestanden.

Ich wusste, dass er eine Antwort haben wollte. Mein Problem war, dass ich immer noch nicht entschieden hatte, welche ich ihm geben würde.

Vielleicht hilft es, wenn ich ihm erst mal in die Augen schauen kann.

Ich musterte mein Spiegelbild. Ich hatte ewig hin und her überlegt, was ich heute Abend anziehen sollte. Am Ende war es auf Jeans, ein weißes Hemd und meinen braunen Lieblingspullover mit Schalkragen hinausgelaufen.

So braun waren meine Haare auch mal. Nicht mehr. Mein Bart war überwiegend grau, mit einem kleinen Rest Schwarz im Schnurrbart und unterhalb der Unterlippe. Gott sei Dank hatten sich wenigstens meine Augen etwas von ihrem jugendlichen Funkeln bewahrt. Aber ich musste ehrlich sein. Der Mann, den ich im Spiegel sah, hatte wenig Ähnlichkeit mit dem zwölfjährigen Jungen, der 1979 das Wohnzimmer betreten hatte und feststellen musste, dass er sich geirrt hatte.

Und zwar *gründlich*.

Noch am Morgen jenes Tages hatte ich meinem kleinen Bruder Ben gesagt, Santa Claus gäbe es nicht, es seien nur Mom und Dad.

Diese erste Begegnung hatte meine Welt bis in die Grundfesten erschüttert.

Die folgenden Begegnungen hatten sich ins Muster meines Lebens eingewoben.

Dreiundvierzig Begegnungen, um genau zu sein. Und obwohl alle wunderbar gewesen waren, hatten sich einige von ihnen tiefer in mein Gedächtnis eingegraben.

Einige waren geradezu magisch gewesen.

Ich holte zwei Gläser und eine Flasche Whisky aus dem Schrank. Seine Lieblingssorte.

Wie viele Menschen können schon von sich behaupten, Santas Lieblingsgetränk zu kennen? Ich schenkte in beide Gläser großzügig ein und ließ mich dann im Sessel nieder, um darauf zu warten, dass er auftauchte.

1979 schien ewig her zu sein, aber ich konnte mich daran erinnern, als wäre es gestern gewesen.

Ich schlürfte den hochprozentigen Alkohol, in der Hoffnung, die überaktiven Schmetterlinge in meinem Bauch so betrunken zu machen, dass sie aufhörten zu flattern und mich in Ruhe ließen.

Denk nicht dran.

Denk nicht dran.

Stattdessen rief ich mir einige dieser denkwürdigen Abende ins Gedächtnis, tauchte in die Jahrzehnte ein, als würde ich in einem Buch blättern.

Und am besten begann ich damit einfach am Anfang.

Als ich zwölf war

1979

Ich konnte nicht schlafen. Andererseits konnte ich das in der Nacht vor Weihnachten nie. Einige meiner Schulkameraden hatten erzählt, dass es bei *ihnen* zuhause die Geschenke schon am Weihnachtsabend gab, aber wo blieb da der Spaß? Die Vorfreude? Die Aufregung, bereits beim Zubettgehen unbedingt wissen zu wollen, was einen in diesen verlockenden Paketen unter den dunkelgrünen Zweigen des Tannenbaums erwartete?

Okay, am Morgen war ich immer übernächtigt. Aber das hatte mich nie davon abgehalten, in aller Herrgottsfrühe auf dem Bett meiner Eltern herumzuhopsen und zu verlangen, dass sie *sofort* aufstehen sollten.

In dieser speziellen Nacht hielt mich allerdings noch etwas anderes wach, und das war mein schlechtes Gewissen.

Ich bin gemein. Ich habe Ben das Weihnachtsfest verdorben.

Hatte *ich* denn mit acht noch an Santa Claus geglaubt? Wahrscheinlich. Und ich hatte keine Ahnung, wieso ich ihm gesagt hatte, dass es Santa gar nicht gab.

Nein, das war gelogen. Ich wusste *ganz* genau, warum ich es getan hatte. Ich war sauer gewesen, weil seine Urkunde für hervorragende Leistungen an der Kühlschranktür hing und ich keine bekommen hatte. Und Gott, für einen Achtjährigen konnte er *echt* selbstgefällig sein.

Ich hatte ihm das Grinsen aus dem Gesicht wischen wollen.

Natürlich war das nach hinten losgegangen. Ben war in Tränen ausgebrochen, Mom hatte mich gefragt, wie ich ihn so anlügen konnte, und Dad hatte mich früh ins Bett geschickt und mir gedroht, dass ich dieses Jahr keine Geschenke bekommen würde. Ich hatte nicht einmal meinen Teller leer essen können.

Und jetzt war es mitten in der Nacht, und ich hatte Hunger.

Ich schlich mich aus dem Zimmer, das ich mir mit Ben teilte, wobei ich darauf achtete, ihn nicht zu wecken – schließlich wollte ich nicht *noch mehr* vom Zorn meines Vaters abkriegen – und ging runter in die Küche. Vorsichtig rückte ich einen Stuhl zurecht und kletterte drauf, um an die Keksdose zu kommen. Nur um festzustellen, dass sie nicht an ihrem üblichen Platz war.

Dann fiel es mir wieder ein. Im Wohnzimmer standen Kekse und Milch auf dem Kaminsims bereit, und außerdem lagen da ein paar Karotten für die Rentiere.

Tja, Santa würde die Kekse ja nicht essen, oder? Und wenn ich sie aß, würde Ben erst recht glauben, dass ich ihn *wirklich* angelogen hatte. Dass es Santa wirklich gab und dass er in unserem Wohnzimmer gestanden und Moms Haferflockenkekse mit Rosinen gefuttert hatte. Denn meine Eltern würden bestimmt nicht *mich* beschuldigen, sie gegessen zu haben. Nicht, wenn sie das Märchen von Santa Claus aufrechterhalten wollten, damit Ben sich wieder abregte.

Ich würde mir ein paar schiefe Blicke von meiner Mom einfangen, aber das war ich ja gewohnt.

Ich stieß die Wohnzimmertür auf und –

Heilige Scheiße. Da stand ein Typ in einem roten Umhang und legte Geschenke unter den Baum.

Ausgeschlossen.

Auf *gar* keinen Fall.

Mom ließ in der Ecke immer eine Lampe brennen, daher war er nicht zu übersehen.

Mein Verstand setzte wieder ein. *Das ist mein Dad, als Santa verkleidet.* Nur, dass ich das vertraute Schnarchen meines Vaters gehört hatte, als ich am Elternschlafzimmer vorbeigegangen war.

Dann hieß *das* also…

Ich stand in meinem langweiligen gestreiften Schlafanzug an der Tür, vollkommen sprachlos und mit wild pochendem Herzen.

Schau ihn dir an.

Er sah überhaupt nicht so aus wie die ganzen Weihnachtsmänner auf Bildern und in Filmen. Zum einen war er nicht dick. Seine Wangen waren nicht rund und rosig. Seine Augenbrauen waren dunkel, und ja, selbst auf diese Entfernung konnte ich sehen, dass er braune Augen hatte. Sein Schnurrbart war stahlgrau. Er hatte zwar einen Bart, aber nicht diese Überfülle von dicken, schneeweißen Locken wie jeder Santa Claus, auf dessen Knien ich gesessen hatte, seit ich alt genug gewesen war, um ihn unbedingt treffen zu wollen.

Sein Bart war anders.

Er war eher silbern als weiß, umrahmte sein Gesicht und war unten zu einem hauchdünnen, seidigen Gespinst ausgewachsen, das sich an den Enden kräuselte.

Das war *eindeutig* nicht mein Dad in einem Weihnachtsmannkostüm. Sein langer, dunkelroter Umhang reichte bis zu den Knöcheln seiner pechschwarzen, glänzenden Stiefel. Unter dem Umhang trug er eine schwarze Hose, die er in die Stiefel gesteckt hatte, und eine Jacke in demselben tiefen Dunkelrot. Seine goldene Gürtelschnalle funkelte im Lampenschein.

Und dann griff er nach dem Teller mit den Keksen…

Ohne an meine schlafende Familie zu denken, gab ich einen erstickten Laut von mir. Ich hätte nicht sagen können, ob aus Fassungslosigkeit darüber, Santa in meinem Wohnzimmer vorzufinden, oder aus Kummer, weil mein Plan, die Kekse zu essen, zu scheitern drohte.

Santa drehte sich um, zog die dunklen Augenbrauen hoch und betrachtete mich amüsiert. „Ist was?" Seine Stimme war hell, beinahe melodisch. Ich hatte einen tiefen, dröhnenden Bass erwartet, der das Haus zum Wackeln brachte.

Noch etwas, wobei alle falsch gelegen hatten.

„Die wollte *ich* essen."

Seine Lippen zuckten. „Wenn das so ist, mache ich dir ein Angebot – wie wär's, wenn wir sie uns teilen? Die Milch auch, wenn du willst."

Ich schnaubte. „Die Milch kannst du haben."

Er nahm den Teller und deutete mit dem Kopf auf die große Ledercouch. „Wollen wir uns zum Essen hinsetzen? Ich verspreche, keine Krümel zu hinterlassen."

Ich rührte mich nicht vom Fleck. „Du bist wirklich hier. Das ist kein Traum."

Santa lächelte. „Du träumst nicht, Anthony."

„Woher weiß du, dass ich nicht Ben bin, mein Bruder?"

Seine Augen funkelten belustigt. „Weil dann der Gummi-Superman unter dem Baum für dich wäre, und ich glaube, für den bist du ein bisschen zu alt, meinst du nicht?" Er setzte sich und balancierte den Teller auf dem Schoß. „Ich dachte, du wolltest einen Keks?"

Ich stürzte mich auf die Kekse und schnappte mir einen. „Komme ich jetzt auf die Böse-Kinder-Liste? Du weißt schon, wegen dieser ganzen Sache, dass du siehst, wann ich schlafe und weißt, wann ich wach bin? Also, ehrlich gesagt – ich fand das immer ein bisschen gruselig, weißt du? Ich meine, dass so ein Typ in einem roten Anzug mich ständig beobachtet?" Er starrte mich an, und mein Gesicht wurde heiß. Ich hustete. „Ja, das heißt dann wohl, dass ich auf jeden Fall auf der Böse-Kinder-Liste stehe, stimmt's?"

Ich traute meinen Augen immer noch nicht.

Santa gibt es wirklich.

Santa sitzt bei mir zuhause auf dem Sofa.

Wenn das ein Traum war, dann war es der coolste Traum aller Zeiten.

Seine Augenbrauen hoben sich ein weiteres Mal. „Bitte setz dich, Anthony. Ich freue mich über deine Gesellschaft." Dann lächelte er. „Und was diese Liste betrifft... Du solltest nicht alles glauben, was du hörst. Es grenzt schon an ein Wunder, dass du hereingekommen bist und mich ertappt hast. Ich war heute anscheinend ein bisschen abgelenkt." Santa biss in den Keks. „Deine Mutter backt die besten Kekse."

Ich blinzelte und ließ mich, ohne groß nachzudenken, auf die Couch plumpsen. „Du isst die wirklich?"

Er lachte leise. „Ich verfüttere sie bestimmt nicht an die Rentiere. Dancer wird sowieso langsam zu dick. Sie kann die Karotten haben."

„Dann stimmt das also auch? Wie die Rentiere heißen?" Das hier musste ein Traum sein. Ich würde jeden Moment unter meiner Bettdecke vergraben aufwachen.

„Aber sicher doch. Bis auf die Sache mit Rudolph. Er ist ein Mythos."

„Bis ich hier reingekommen bin, dachte ich, du wärst auch einer."

Er sah mir in die Augen. „Und jetzt, wo du weißt, dass ich keiner bin? Wirst du es jemandem erzählen?"

Ich straffte die Schultern. „Nein. Das bleibt *mein* Geheimnis." Es würde mir sowieso keiner glauben.

Santa strahlte. „So ist's brav. In dem Fall könnten wir das

hier vielleicht irgendwann wiederholen. Würde dir das gefallen? Wir könnten wieder zusammen Kekse essen und ich könnte dir Dinge erzählen."

„Was für Dinge?" Ich verschlang meinen Keks mit zwei Bissen.

„Nun, möchtest du vielleicht wissen, warum es keinen Rudolph gibt? Alle meine Rentiere sind Mädchen, und sie würden sich auf keinen Fall von einem Jungen anführen lassen." Er gab ein amüsiertes Glucksen von sich. „Schon der Gedanke allein..."

„Hast du wirklich Elfen?" Das alles war faszinierend.

Santa lachte. „Tut mir leid, aber das ist eine Geschichte für einen anderen Weihnachtsabend. Meine Nacht ist noch nicht vorbei, also mach ich mich mal besser wieder auf den Weg." Er stand auf. „Aber danke, dass du meinen Besuch geheim halten willst." Er legte den Kopf schräg. „Du zeichnest gern, oder?"

Ich machte große Augen. „Woher..." Dann ging mir ein Licht auf. „Du weißt das, weil du mir gerade etwas unter den Baum gelegt hast, nicht?"

Diese braunen Augen funkelten *tatsächlich*. „Vielleicht?"

„Hast du das ernst gemeint?", hakte ich nach.

„Was denn?"

„Dass wir das irgendwann wiederholen können."

Er runzelte die Stirn. „Natürlich. Sonst hätte ich es nicht gesagt." Er streckte mir die Hand entgegen, und ich schüttelte sie. Seine Haut war glatt und warm. „Jetzt geh wieder ins Bett und *versuch* wenigstens, überrascht zu tun, wenn Ben morgen seinen Gummi-Superman auspackt." Er ließ meine Hand los und strich mir über den Kopf. „Du bist ein guter Junge, Anthony. Er wird dir verzeihen."

Wieder blieb mir der Mund offenstehen. „Du weißt davon?"

Santa zuckte die Achseln. „Vielleicht ist das der Grund,

warum ich mich dir gezeigt habe. Ich wollte dich wissen lassen, dass ich existiere. Aber es wäre wahrscheinlich eine gute Idee, Ben morgen beiseitezunehmen und ihm zu sagen, dass du es nicht so gemeint hast und dass es mich *natürlich* wirklich gibt. Lass ihn noch eine Weile an seiner Kindheit festhalten. Schon bald wird er viele andere Dinge im Kopf haben, und ich werde nur noch ein Mythos sein."

Mein Herz wurde schwer. „Soll das heißen, ich werde dich auch eines Tages vergessen?"

Er legte mir die Hände auf die Schultern. „Du wirst so lange an mich glauben, wie du an mich glauben willst." Seine Stimme hatte etwas Feierliches an sich, und aus irgendeinem Grund trug das nicht dazu bei, mein aufgewühltes Gemüt zu beruhigen. Er zerzauste mir die Haare. „Aber jetzt – ab ins Bett. Ich wünsch dir morgen viel Spaß. Aber vergiss auch nicht, was dieser Tag bedeutet."

Oh Gott. „Ist das etwa *auch* wahr?"

Er nickte. „Wir feiern Seine Geburt, und deshalb sollte dieser Tag voller Liebe sein. Leider ist das nicht immer so." Für einen Moment lag in seinen Augen so viel Traurigkeit, dass mich ein stechender Schmerz durchfuhr.

Er blinzelte, und schon strahlte sein Gesicht wieder Wärme aus. „Fröhliche Weihnachten, Anthony." Und dann war er verschwunden, ohne Blitz und Paukenschlag, nur mit einem schlichten Fingerschnippen und in einem Wirbel von Rot.

„Gute Nacht, Santa", flüsterte ich. Eins wusste ich mit absoluter Sicherheit – ich würde nächstes Jahr auf ihn warten.

Als ich fünfzehn war

1982

Ich schaute auf den Wecker neben meinem Bett. Kurz vor Mitternacht. Das bedeutete, dass er jetzt bereits unten sein konnte. Ich wusste noch genau, wie wundervoll ich mich gefühlt hatte, als ich mich vor zwei Jahren am Weihnachtsabend ins Wohnzimmer geschlichen und festgestellt hatte, dass es kein Traum gewesen war, dass Santa dort neben dem Kamin stand und Milch trank. Und im Jahr darauf war er wieder da gewesen.

Einerseits sagte mir die Vernunft, dass ich eines Tages das Wohnzimmer betreten und es leer vorfinden würde – ich war fünfzehn, und die Kindheit rann mir durch die Finger wie Sandkörner am Strand – aber bis es so weit war, wollte ich jede Gelegenheit nutzen, ihn wiederzusehen.

Verstohlen warf ich einen Blick auf Ben, aber er schlief fest. Ich schlug die Decke zurück und ging so leise wie möglich zur Tür, wobei ich hoffte, dass sie nicht quietschen würde. Sobald ich draußen war, hörte ich gedämpfte Geräusche von unten.

Er ist da.

Ich rannte die Treppe hinunter und ins warme Wohnzimmer. Dann sah ich, warum es warm war – er hatte ein Feuer angezündet.

„Wie kannst du durch den Kamin verschwinden, wenn da ein Feuer brennt?", fragte ich.

Santa drehte den Kopf und warf mir dieses wunderschöne Lächeln zu. „Ich freue mich auch, dich zu sehen, Anthony. Und falls du es vergessen hast, die letzten drei Jahre habe ich das Haus auch nicht durch den Kamin verlassen." Da war wieder dieses vertraute Funkeln in seinen Augen. „Habe ich dir nicht gesagt, dass du nicht alles glauben sollst, was du hörst?"

Ich ging zum Kamin und setzte mich im Schneidersitz auf den Teppich vor dem Feuer. „Dann kannst du also wirklich zaubern?"

„Wie sollte ich denn sonst diesen Job machen können?" Santa setzte sich mit dem Milchglas in der Hand in den ausladenden, gepolsterten Sessel meines Vaters. „Du bist gewachsen seit letztem Jahr."

Ich schnaubte. „Oh ja. Mom beschwert sich dauernd, dass sie mir so oft neue Klamotten kaufen muss."

Er nickte. „Dieser Schlafanzug gefällt mir besser. *Star Wars* ist sehr beliebt."

Ich strahlte. „Mom hat ihn mich aussuchen lassen. Ich hab ihr gesagt, dass ich alt genug bin, um auch mal selbst zu bestimmen, was ich anziehen will."

Santa lächelte. „Fünfzehn. Meine Güte. Du hast inzwischen bestimmt eine Freundin."

Mein Magen krampfte sich zusammen. „Nein, habe ich nicht."

Er runzelte die Stirn. „Warum nicht? Du bist ein gutaussehender junger Mann. Es gibt doch sicher viele Mädchen, die mit dir ausgehen wollen."

So sehr ich unsere bisherigen drei Begegnungen auch genossen hatte, ich war nicht bereit, einen Seelenstriptease hinzulegen. Drei kurze Unterhaltungen über Schule, Bücher, Filme… das war okay, aber bei persönlicheren Sachen hielt ich mich lieber bedeckt.

Vor allem bei *solchen* Sachen.

Er sagt mir immer wieder, dass ich nicht alles glauben soll, was ich höre. Tja, aber wer weiß, wie er wirklich *ist? Vielleicht hat Santa andere Vorstellungen.*

Vielleicht war Santa wie meine Eltern. Na, *das* war mal ein Gedanke.

Zu meiner Erleichterung hob er die Hand. „Es ist okay, Anthony. Du brauchst mir nichts zu sagen. Es geht mich nichts an. Aber… bist du glücklich?"

„Ja und nein. Aber darüber will ich wirklich nicht reden." Mein Magen rebellierte.

„Das ist in Ordnung. Dann tun wir das auch nicht." Er sah mir in die Augen, und für einen Moment kam es mir so vor, als könnte er bis in mein Herz sehen. „Aber wenn einmal ein Weihnachtsabend kommt, an dem du jemanden zum Reden brauchst, dann bin ich da, okay?"

Er meinte es ernst. Das hörte ich ihm an.

Meine Kehle wurde eng. „Danke", krächzte ich.

Er deutete auf den Teller auf dem Kaminsims. „Ich habe einen Keks für dich aufgehoben, genau wie letztes Jahr."

Das brachte mich zum Lächeln. „Danke. Diesmal sind's Schokokekse, stimmt's?"

Er grinste. „Lecker." Dann legte er den Kopf schräg. „Ben glaubt nicht mehr an mich, oder?"

Ich nickte und staunte wie immer, was er alles wusste. „Aber er weiß ja auch nicht, was *ich* weiß." Mein Geheimnis wärmte und tröstete mich, vor allem an Tagen, an denen einfach alles schiefging. Unsere vierte Begegnung war genauso magisch wie die erste, und ich fand es wunderbar, wie… *richtig* es sich anfühlte, mit ihm zu reden.

„Diesmal können wir leider nicht so lange plaudern wie die letzten paar Male", bekannte Santa. „Anscheinend habe ich mehr Geschenke auszuliefern als je zuvor." Er stand auf. „Aber nächstes Jahr bin ich wieder hier."

„Musst du wirklich schon gehen?“

Er runzelte die Stirn. „Ist irgendwas?“

Ich biss mir auf die Lippen und breitete dann die Arme aus. „Darf ich… darf ich dich umarmen?“

Er lächelte. „Natürlich darfst du das.“

Ich sprang auf, rannte zu ihm und umarmte ihn. Er schloss mich fest in die Arme, und ich fühlte mich von Wärme umgeben. An seinem Umhang haftete ein Duft, den ich nicht zuordnen konnte, doch er hüllte mich ein, beruhigte meine Nerven und flößte mir das optimistische Gefühl ein, dass wirklich alles gut werden würde.

„Hab morgen einen schönen Tag.“ Seine Stimme brachte seine Brust zum Vibrieren.

„Danke. Und du, ruh dich aus.“

Er lachte, als er mich losließ. „Darauf kannst du dich verlassen.“ Ein Fingerschnippen, und er war verschwunden.

Ich starrte auf die Stelle, an der er gestanden hatte.

Vielleicht bin ich nächstes Jahr mutig genug. Ich traute mich nicht, es meinen Eltern zu sagen. Aber vielleicht konnte ich Santa sagen, dass ich glaubte, schwul zu sein.

Als ich siebzehn war

1984

Das Feuer flackerte, und ich starrte in die Flammen.
„Hast du bei dir daheim denn kein Feuer?" Wir kannten
uns nun schon seit fünf Jahren, und er hatte kein einziges
Mal von seinem Zuhause gesprochen.

Santa lächelte, aber seine Augen lächelten nicht mit. „Ich
finde, ein Feuer sollte man mit jemandem teilen."

Mir wurde ganz flau im Magen, als er das sagte. *Kannst
du es denn nicht mit Mrs. Claus teilen?* Wenn ich es mir recht
überlegte, hatte er sie auch noch nie erwähnt. *Oh Gott.* War
sie etwa auch nicht so, wie sie immer dargestellt wurde?
War sie eine fiese alte Schreckschraube, die Santa unter
ihrer Fuchtel hielt?

Ich ließ meiner Fantasie freien Lauf. Santa war ganz
anders, als ich ihn mir vorgestellt hatte. Da erschien es nur
logisch, dass das für seine Frau ebenfalls galt.

Santa hob das Glas, das ich ihm in die Hand gedrückt
hatte. „Das hier kommt mir geradezu verrucht vor."

„Ich bin sicher, viele Leute stellen dir ein Glas Whisky
hin", bemerkte ich.

„Ja, schon, aber ich trinke ihn nie." Er deutete auf die
Flasche, die neben ihm auf dem Tisch stand. „Als ich
gesehen habe, was du anbietest, bin ich eingeknickt. Das
ist meine Lieblingssorte."

Ich strahlte. „Mein Dad mag den auch am liebsten."
Damit war es entschieden. Keine Milch mehr für Santa. Ich
würde dafür sorgen, dass Whisky für ihn bereitstand.

Santa lehnte sich mit dem Glas in der Hand zurück und zwirbelte eine Bartsträhne zwischen Daumen und Zeigefinger der anderen Hand. „Genau das habe ich gebraucht."

Ich schielte nach der Mütze auf seinem Kopf. „Wie siehst du da drunter aus?"

Er schmunzelte. „Das kriegst du nicht zu sehen. Die ultimative Hutfrisur."

Ich schnaubte. „Hutfrisur?"

„Kein Witz. Du solltest mich mal sehen, wenn die Nacht vorbei ist und ich die Mütze abnehmen kann." Er sah mich an. „Du gehst jetzt bald aufs College. Freust du dich darauf?"

Ich atmete tief durch. „Ja. Dann komme ich endlich hier raus."

Santa runzelte die Stirn. „Stimmt was nicht?"

Ich zuckte die Achseln. „Nur… Familienkram." Nur, dass es viel mehr war als das.

Er seufzte. „Und ich gehöre nicht zur Familie. Schon verstanden. Ich bin nur der alte Knacker, mit dem du einmal im Jahr redest. Das gibt mir keine Privilegien."

„Du bist nicht alt", erwiderte ich. „Du bist… zeitlos."
Sag's ihm. Sag's ihm.

Ich hörte auf mein Bauchgefühl. „Die Sache ist die… Ich kann's kaum erwarten, aufs College zu gehen, weil ich dann endlich ich selbst sein kann."

Er sah mich fragend an, sagte aber nichts.

„Dort kann ich so sein, wie ich wirklich bin", fuhr ich fort. „Das kann ich hier nicht." Ich hatte meine Gründe, es Mom und Dad nicht zu sagen – und Ben würde es nicht verstehen. Obwohl, vielleicht doch. In der Schule wurde viel geredet, und meistens nichts Gutes.

Santa musterte mich nachdenklich und seufzte dann. „Das verstehe ich besser als du vielleicht denkst."

Natürlich würde er es verstehen. Niemand wusste, wer der Mann unter dem roten Umhang wirklich war, nicht einmal ich.

„Und… wie bist du wirklich? Falls ich das fragen darf?"

Ich hatte keine Ahnung, warum sowohl mein Herz als auch mein Verstand mir sagten, dass er kein Problem mit meiner Offenbarung haben würde, aber ich richtete mich danach. „Ja, du darfst fragen. Ich bin… schwul."

Gott, er blieb ganz gelassen. „Ah. Okay." Er legte den Kopf schräg. „Das weißt du schon seit einer ganzen Weile, nicht wahr?"

Wie macht er das nur? Wieso sieht er mich so klar, wenn meine nächsten Angehörigen so ahnungslos sind?

Ich nickte. „Ich habe mich schon immer mehr zu Jungs als zu Mädchen hingezogen gefühlt. Und vor zwei Jahren… habe ich mir endlich eingestanden, dass ich schwul bin."

„Aber du hast es deinen Eltern nicht gesagt." Das war keine Frage. „Warum? Nicht, dass du es irgendjemandem sagen müsstest. Denn das geht wirklich niemanden außer dir etwas an."

„Ich bin mir nicht sicher." Mein Herz pochte bei der Lüge. „Nein, das stimmt nicht. Ich weiß ganz genau, warum ich nichts gesagt habe. Die Angst hält mich davon ab. Ich schaue Nachrichten, und … ich glaube, sie würden sich Sorgen um mich machen."

Er stieß einen tiefen Seufzer aus. „AIDS?"

Ich nickte.

Santa starrte in die Flammen. „Und jetzt werde *ich* mir Sorgen um dich machen."

Erst da ging mir ein Licht auf. Es spielte keine Rolle, wie alt er aussah – dieser Mann war angeblich Jahrhunderte alt, und doch dachte er offensichtlich liberal, denn meine Mitteilung schien ihn kein bisschen zu schockieren.

Bevor ich ihm sagen konnte, dass er keinen Grund hatte, sich Sorgen zu machen – allerdings ohne zuzugeben, dass ich noch nie Sex gehabt hatte, denn hey, manche Dinge erzählt man Santa einfach nicht, okay? – räusperte er sich. „Pass auf dich auf, okay? Geh keine Risiken ein." Dann griff er unter seinen Umhang und förderte ein in rotes Glanzpapier eingewickeltes Päckchen zutage, das mit einer roten Samtschleife verziert war. Er hielt es mir hin. „Ich hab hier noch was für dich."

Ich starrte das Geschenk an, das er mir in die Hand gedrückt hatte.

„Du kannst es gleich aufmachen. Ich glaube, es ist sogar besser, wenn du damit nicht bis morgen wartest." Er hüstelte. „Sonst hättest du vielleicht einiges zu erklären."

Ich zog die Schleife auf und riss das Papier ab. Er nahm mir beides ab und ließ es verschwinden. Und dann hielt ich –

Eine Schachtel Kondome in der Hand.

Oh mein Gott.

„Ich… ich weiß nicht, was ich sagen soll." Und war das nicht die pure, unverhüllte Wahrheit?

Santa lächelte. „So habe ich eine Sorge weniger, bis ich dich nächstes Jahr wiedersehe."

Ich verkniff mir ein Lächeln. „Zwölf Kondome? Ich bezweifle, dass ich bis dahin auch nur die Hälfte davon brauchen werde."

Er lachte. „Ein Jahr ist eine lange Zeit." Seine Augen weiteten sich. „Oh. Da fehlt noch was." Er griff erneut unter seinen Umhang und holte ein weiteres Päckchen hervor, das unverkennbar die Form einer Tube hatte. Er reichte es mir. „Das wirst du auch brauchen."

Ich begutachtete es. „Kann ich das morgen aufmachen?"

Er verschluckte sich fast an seinem Whisky. „Lieber nicht."

Ich riss die Verpackung weit genug auf, um ein paar Buchstaben zu sehen – *Glei.* Mein Gesicht wurde heiß. „Oh. Ja. Okay." Ich legte es neben die Kondome.

Santa schmunzelte. „Gut zu wissen, dass ich das nicht erklären muss." Er stand auf „Willst du immer noch von einem – wie hast du es ausgedrückt – zeitlosen Kerl umarmt werden?"

Ich lachte und sprang auf. „Unbedingt. Deine Umarmungen sind die besten."

Er nahm mich in die Arme, und ich wusste, dass ich mich bei ihm immer sicher fühlen würde.

Es war merkwürdig. Ich schloss normalerweise nicht so leicht Freundschaften, und ich hoffte sehr, dass sich das ändern würde, wenn ich aufs College ging. Aber dieser weißbärtige Mann im roten Gewand hatte sich irgendwie in mein Herz geschlichen und war so etwas wie mein bester Freund geworden.

Und wie viele Menschen konnten das schon von sich behaupten?

Als ich neunzehn war

1986

Dieses Jahr war ich schon vor ihm da, hatte das Feuer angezündet und ein Glas Whisky bereitgestellt. Das war vielleicht ein bisschen voreilig. Aber nachdem er sieben Jahre lang an jedem Weihnachtsabend erschienen war, kam es mir gar nicht in den Sinn, dass er vielleicht ausbleiben könnte.

„Ist das für mich?"

Ich drehte mich um und lächelte, als ich ihn neben dem Weihnachtsbaum stehen sah. „Ja, klar."

Er nahm das Glas und setzte sich auf die Couch. „Ich hatte gehofft, dass du über die Feiertage zuhause bist."

Ich lachte. „Machst du Witze? Wenn ich Mom gesagt hätte, dass ich nicht nach Hause komme, würden meine Eier jetzt hier am Baum hängen. In Glitter getaucht." Dann wurde mir bewusst, was ich gesagt hatte. „Okay, tut mir leid, das ist mir jetzt einfach so rausgerutscht."

Santa winkte ab. „Schon gut. Unter Freunden kann man sowas schon sagen."

Freunde. Das waren wir definitiv. Der Gedanke wärmte mich.

Ich schaute zur Decke. Aus Bens Zimmer war kein Laut zu hören gewesen, als ich daran vorbeigegangen war. Mom hatte ihm unser altes Zimmer gegeben und mir das Gästezimmer, und darüber war ich froh. Ich liebte Ben sehr – wenn er nicht gerade ein eingebildetes Arschloch war – aber ich hatte keine Lust, mir ein Zimmer mit einem fünfzehnjährigen Jungen zu teilen.

Ich wusste, wie ich mit fünfzehn gewesen war, mit Moms Babyöl unter der Matratze und Bergen von zusammengeknüllten Papiertaschentüchern, die ich unten in den Müll geschmuggelt hatte, wenn es keiner sah.

„Weißt du, was komisch ist?", sinnierte ich. „In den acht Jahren, seit wir uns zum ersten Mal begegnet sind, hat uns nie jemand reden gehört oder ist hier reingeplatzt."

Santas Augen funkelten. „Das ist kein Zufall. Ich habe dafür gesorgt, dass wir nicht gestört werden."

Ich runzelte die Stirn. „Aber wie?" Dann verdrehte ich die Augen. Blöde Frage. Mit Magie natürlich.

„Dann erzähl doch mal… wie läuft es auf der Uni?"

Ich lehnte mich gegen die Sofakissen. „Gut." Ich liebte mein Studium. So langsam war ich ein wenig aus meinem Schneckenhaus herausgekommen und hatte wunderbare Freunde gefunden.

Ich hatte auch so einige Arschlöcher getroffen.

„Und jetzt eine wichtigere Frage. Bist du mit jemandem zusammen?"

Ich seufzte. „Das war ich… eine Zeitlang. Es hat nicht gehalten."

Er seufzte ebenfalls. „Schade. Leider hab ich keinen perfekten Mann für dich in meinem Sack. Du musst dir selbst einen suchen."

Ich lächelte. „Jedenfalls nett von dir, dass du an mich denkst."

Er runzelte die Stirn. „Du schützt dich doch, oder?"

Das versicherte ich ihm.

„Gut." Er griff unter seinen Umhang, und ich wusste, was jetzt kam. Ich lachte, als er das in buntes Papier gewickelte Päckchen neben mich auf das Sofa legte.

„Dir ist schon klar, dass ich mir selbst welche kaufen

kann, oder?".

„Ich weiß. Nimm sie trotzdem, du machst mir eine Freude damit."

Der Gedanke, dass ich irgendwie imstande war, Santa eine Freude zu machen, wärmte mich innerlich.

„Keine Angst. Eines Tages kommt jemand daher und erobert dein Herz im Sturm." Sein zuversichtlicher Tonfall war beruhigend.

Soll ich es ihm sagen? Ich lächelte vor mich hin. *Ich bin schon so weit gekommen. Er sollte den Rest auch noch hören.*

„Um ehrlich zu sein… Es gibt schon jemanden, von dem ich wünschte, er würde mein Herz im Sturm erobern. Aber ich glaube nicht, dass er je den Weg in deinen Sack finden würde. Daraus wird nichts."

„Warum?" Santa sah mir fest in die Augen. „Nichts ist unmöglich, wenn du daran glaubst."

Ich holte tief Luft. „In seinen Englischprofessor verknallt zu sein ist so unmöglich, wie es nur sein kann."

Er blinzelte. Blinzelte nochmal. „Oh. Ich verstehe." Er legte den Kopf schief. „Dann stehst du also auf ältere Männer?"

„Ja." Ich hatte nicht lange gebraucht, um zu begreifen, warum das mit Mike nur ein paar Wochen gehalten hatte. Ich brauchte mehr Reife, größere Erfahrung… „Ich kann's kaum erwarten, bis ich einundzwanzig bin und in Schwulenbars gehen kann. Dann finde ich vielleicht eher einen Mann nach meinem Geschmack."

Santas Augen funkelten. „Dieser Professor… wie ist er denn so?"

Ich lächelte. „Ich weiß wirklich nicht, ob ich dir das erzählen sollte. Schließlich kennst du *jeden*."

Er legte die Hand auf sein Herz. „Ich verrate nie, was bei anderen Leuten unter dem Baum liegt. Abgesehen von Bens Gummi-Superman."

Wir lachten.

Ich starrte in die tanzenden Flammen hinter dem Kamingitter und quälte mich mit der Frage herum, wieviel ich preisgeben wollte. Ich wusste, was meine Kommilitonen sagen würden, wenn sie wüssten, was ich empfand. Wer weiß, ob Santa nicht genauso dachte?

Es gab nur einen Weg, das herauszufinden.

„Er ist ungefähr Ende dreißig. Er hat einen Bart. Er ist rücksichtsvoll, einfühlsam, lustig…" Ich sah ihn trotzig an. „Ich weiß, es klingt seltsam, dass ich in meinem Alter auf jemanden stehe, der zwanzig Jahre älter ist." Meine Freunde würden ihn uralt nennen.

„Ganz und gar nicht. Wenn es das ist, was du willst…" Santa seufzte. „Ein Menschenleben ist so kurz, so … zerbrechlich. Du musst das Glück suchen, wo auch immer du es finden kannst."

Es lag mir auf der Zunge. *Und wo findest du dein Glück?*

Ich brachte die Worte nicht heraus.

Santa sah mich an, mit einem festen, forschenden Blick, dem nichts verborgen blieb.

„Sollen wir uns weiterhin treffen?", fragte er.

Mir wurde eiskalt. „Warum? Willst du das denn nicht mehr?"

„Nein, absolut nicht. Aber es würde mir sehr leid tun, wenn wir irgendwann an einen Punkt kämen, dass einer von uns es genug sein lassen wollte, aber nichts sagt, um die Gefühle des anderen nicht zu verletzen."

Ich atmete erleichtert auf. „Oh, Gott sei Dank. Nein, ich würde mich sehr gern weiterhin mit dir treffen. Allerdings werde ich eines Tages nicht mehr über die Feiertage nach Hause kommen, dann findest du mich hier nicht mehr."

Er lächelte. „Mach dir darüber mal keine Gedanken. Wenn du dich dann immer noch mit mir treffen willst, finde ich dich, wo du auch bist."

Mein Seelenfrieden war wiederhergestellt. „Das macht mich glücklich." Ich sah ihn fragend an. „Obwohl es mich wundert, dass du immer noch die Zeit dafür findest. Du hast doch bestimmt heutzutage mehr denn je zu tun."

„Es spielt keine Rolle, wieviel ich zu tun habe. Für dich finde ich immer Zeit." Santa hob sein Glas. „Auf weitere Freundschaft und eine höchst angenehme Tradition."

Bei seinen Worten wurde mir warm ums Herz.

Als ich zweiundzwanzig war

1989

Es erstaunte mich immer wieder, dass Santa nicht alterte. Er sah immer noch genauso aus wie damals, als ich zwölf gewesen war. Wohingegen ich mich sehr verändert hatte. Ich versuchte gerade, mir einen Bart wachsen zu lassen – mit eher mäßigem Erfolg, aber ich stand ja noch am Anfang. Mom schimpfte und sagte, ich sähe ohne Bart besser aus, aber ich hatte nicht vor, ihn abzunehmen. Ich war zwei Tage vor Weihnachten zuhause angekommen, und ich würde nur vier Tage bleiben – mein neuer Chef war ein ziemlicher Korinthenkacker, und wenn *er* nicht die Absicht hatte, sich über Weihnachten freizunehmen, sah er nicht ein, warum irgendjemand anderes das tun sollte.

Natürlich gab es auch persönliche Gründe, warum ich nicht länger bleiben wollte, aber die behielt ich lieber für mich. Nicht, dass ich während der Feiertage irgendwas hätte tun können – Jay war nicht abkömmlich, und zu wissen, wo er war, verstärkte meine Schuldgefühle nur noch.

Es ist falsch. Ich sollte das nicht tun.

Als ich kurz vor Mitternacht meinen Bademantel angezogen und mich nach unten geschlichen hatte, hatte ich mich noch gefragt, wer von uns beiden wohl als erster da sein würde. Er starrte ins Feuer, so in Gedanken versunken, dass er mich gar nicht bemerkte. Als er sich schließlich meiner Anwesenheit bewusst wurde, lächelte er.

„Und, wie findest du das Berufsleben?“

Ich schnaubte. „Kann ich bitte wieder Student sein?“

„Es wundert mich ein bisschen, dass du hier bist. Ich dachte, du bleibst in Philadelphia.“ In seinem Blick lag etwas, das mich glauben machte, er wüsste alles über mein Leben.

„Das solltest du doch inzwischen wissen. Mom hat wie üblich ein Machtwort gesprochen. *Wehe, du kommst nicht nach Hause.*“

Seine Miene war nachdenklich. „Immer noch Single?“

Ja, jetzt war ich mir sicher, dass er mehr wusste, als er sich anmerken ließ. Aber ich war nicht bereit, über Jay zu reden. „Wieso unterhalten wir uns eigentlich nie über dein Leben?“, fragte ich trotzig. „Ich habe keine Ahnung, wie du die anderen dreihundertvierundsechzig Tage des Jahres verbringst.“

„Natürlich damit, mich auf diese Nacht vorzubereiten.“

Mein Magen krampfte sich zusammen, und ich wusste ohne jeden Zweifel, dass er mich gerade angelogen hatte. „Du wirst es mir nicht sagen, stimmt's?“

Diesmal lächelte er nicht, und mich überlief es kalt. „Nein, das werde ich nicht. Du erzählst mir ja auch nicht alles, was bei dir so das ganze Jahr über passiert ist, oder? Ich bekomme immer nur eine Momentaufnahme.“ Dann lächelte er doch, und ich entspannte mich. „Du hast ja keine Ahnung, wie sehr ich mich immer auf unsere Gespräche freue.“

Ich schaute zur Couch und zum Tisch. „Keine Kondome dieses Jahr?“, scherzte ich.

Er winkte ab. „Du hattest recht. Du bist alt genug, um dir selbst welche zu kaufen.“ Sein Blick wurde eindringlich. „Ich habe mir Sorgen um dich gemacht.“

„Warum?“

„Im September hatte ich plötzlich das Gefühl, dass es dir nicht so gut geht. Ich wollte wissen, ob mit dir alles in Ordnung ist."

Meine Kehle wurde eng. Okay, das war *echt* unheimlich. Ich versuchte zu schlucken, aber mein Mund war wie ausgetrocknet.

Er stand auf, ging zum Barschrank und goss Whisky in zwei Gläser. Eins davon gab er mir. „Dafür bist du jetzt auch alt genug."

Ich trank einen kleinen Schluck und versuchte, nicht zu würgen, als er mir durch die Kehle rann. „Wieso merkt mein Dad eigentlich nie, dass nach deinen Besuchen weniger Whisky in der Flasche ist?"

Er grinste. „Die Antwort darauf kennst du doch schon." Seine Miene wurde ernst. „Was ist im September passiert?"

Ich nahm einen weiteren kleinen Schluck. „Ich habe eine traurige Nachricht bekommen, das ist alles. Jemand, den ich im College gekannt habe. Er… ist gestorben." Ich sah ihm in die Augen. „AIDS."

Gott, wie still er dasaß. „Hast du je mit ihm…"

Ich seufzte. „Ja, einmal. Aber schon wenn ich an dieses eine Mal denke, bekomme ich Gänsehaut."

„Warum?"

„Er wollte keine Kondome benutzen, aber ich habe darauf bestanden."

Er erschauerte. „Da bin ich aber froh. Mein Beileid zu deinem Verlust, aber ich bin froh, dass du noch hier bist. Also, warum sagst du mir jetzt nicht, was du so unbedingt für dich behalten willst?"

Ich hätte wissen müssen, dass er mich glatt durchschaute.

„Ich… ich habe jemanden kennengelernt. Er ist ein Arbeitskollege von mir."

Er runzelte die Stirn. „Und warum bist du dann nicht glücklich darüber? Denn das bist du nicht, oder?"

Ich schüttelte den Kopf. „Es ist kompliziert."

Er lehnte sich zurück. „Ich bin hier. Erzähl's mir."

„Er… er ist verheiratet. Und hat Kinder."

Er machte große Augen. „Hast du gewusst, dass er verheiratet ist, als du dein erstes Date mit ihm hattest?"

Ich starrte ihn an. „Nein. Sowas würde ich nie machen. Wir waren schon sechs Monate zusammen, als… als seine Frau im Büro aufgetaucht ist. Und dann hat jemand gefragt, ob es seinem Sohn besser geht, weil er vom Fahrrad gefallen war." Ich schluckte. „Ich hatte keine Ahnung. Ich wollte auf der Stelle Schluss machen, aber er hat gebettelt… Als Mom gefragt hat, ob ich über Weihnachten nach Hause komme, hatte ich eigentlich keine große Lust dazu. Aber ich wusste, dass Jay bei seiner Familie sein würde."

„Ist er älter?"

Ich nickte. „Älter, sexy… und offensichtlich bisexuell."

„Und jetzt, wo du Bescheid weißt…" Santa hielt weiter Blickkontakt. „Bleibst du mit ihm zusammen? Denn es ist ganz egal, wie sehr er bettelt. Wenn du nicht glücklich bist, beende es."

Ich atmete tief durch. „Du hast natürlich recht. Er ist ein lieber Kerl–"

„Der seine Frau betrügt", fuhr Santa fort. „Und du kommst mir nicht wie ein Mann vor, der mit einer derartigen Situation zufrieden wäre."

Ich musste unwillkürlich lächeln. „Dann bin ich jetzt also ein Mann?"

Er lächelte ebenfalls. „Natürlich. Aus dem Jungen, den ich hier in diesem Zimmer kennengelernt habe, ist ein umsichtiger, fürsorglicher, rücksichtsvoller Mann geworden." Er starrte mich an. „Der nicht davor zurückschreckt, das Richtige zu tun."

Mir stockte der Atem.

„Du hast es deinen Eltern nicht gesagt?"

„Lieber Gott, nein. Obwohl es vielleicht langsam Zeit ist, sie wissen zu lassen, dass ich schwul bin."

„Sie werden sich immer noch Sorgen um dich machen. Es sind unsichere Zeiten für schwule Männer."

Ich trank einen weiteren Schluck. „Vielleicht solltest du mal in deinem Sack nachschauen. Du weißt schon, falls sich da drin irgendwo ein gutaussehender älterer Typ versteckt."

Santa nahm meine Hand. „Glaub mir, ich wünschte, es wäre so. Obwohl ich mir nicht vorstellen kann, was deine Eltern für Gesichter machen würden, wenn sie am Weihnachtsmorgen ins Wohnzimmer kommen und ihn in Geschenkpapier gewickelt unter dem Baum finden würden." Er drückte meine Hand. „Ich hoffe, wir treffen uns nächstes Mal unter glücklicheren Umständen."

Ich hatte mich entschieden. Ich würde nach Philadelphia zurückfahren, zur Arbeit gehen und mit Jay Schluss machen. Was da zwischen uns lief, war seiner Frau und seinen Kindern gegenüber nicht fair, und mir gegenüber auch nicht. In Wirklichkeit hatte ich bereits gewusst, dass ich es beenden würde, noch während er mich angefleht hatte, es nicht zu tun.

Santa kennt mich besser als Jay. Er weiß, dass ich das Richtige tun werde.

Ein weiterer Weihnachtsabend war gekommen, und Santa verlor immer noch kein Wort über seine Frau. Dann kam mir ein schrecklicher Gedanke.

Was, wenn sie tot ist?

Aber wie wäre das möglich? Wenn er unsterblich war, dann musste sie es auch sein.

Und in diesem Moment traf mich die Erkenntnis. *Oh*

Gott, wie lange wird er so leben? Bis niemand mehr an ihn glaubt? Bis er nur noch ein Mythos ist?

Tiefes Mitgefühl erfüllte mich. Ich legte meine Hand auf seine.

„Falls du dir jemals was von der Seele reden willst... *irgendwas...* komm zu mir, okay? Ich werde für dich da sein."

Zu meiner Überraschung glänzten seine Augen verdächtig. „Danke. Weil du das wirklich ernst meinst." Er zog seine Hand weg. „Aber jetzt muss ich gehen." Er stand auf und ich folgte seinem Beispiel. „Genieß die Zeit mit deiner Familie. Und versuch nicht daran zu denken, was dich zuhause erwartet. Lass dich nicht von Jay dazu drängen, mit ihm zusammenzubleiben. Nicht, wenn du dich entschieden hast, es zu beenden." Er sah mir tief in die Augen. „Denn das hast du doch, oder?"

Ich nickte. „Danke fürs Zuhören. Ich hatte sonst niemanden, mit dem ich darüber reden konnte."

„Dann freut es mich sehr, dass ich für dich da war." Und dann war er weg.

Kaum war er verschwunden, nahm ich im ganzen Haus Geräusche wahr: Das Knarren, das es mit der Zeit in jedem Haus gibt, das Ticken einer Uhr, den Schrei einer Eule von draußen... Dann wurde mir bewusst, dass ich während unserer Unterhaltung nichts von alledem gehört hatte. Ich dachte an unsere früheren Begegnungen zurück. Wieso war mir das Fehlen von Geräuschen nie aufgefallen?

Wahrscheinlich, weil ich zu sehr in unser Gespräch vertieft war.

Hält er irgendwie die Zeit an, oder verlangsamt sie zumindest? Das war eine Erklärung. Doch diese Theorie brachte mich zu einer weiteren Überlegung.

Höre ich auf zu altern, wenn ich mit ihm zusammen bin?

Wenn auch nur für kurze Zeit?
   Na, *das* war mal ein Gedanke…

Als ich achtundzwanzig war

1995

Mein Handy pingte und ich warf einen Blick auf das Display. Schon wieder Mom.

Trinkst du auch genug? Nimm Tylenol, wenn nötig. Versuch zu schlafen.

Mir fehlte die Kraft, das Gerät in die Hand zu nehmen und eine Antwort zu tippen. *Ich würde ja gern schlafen, aber du schreibst mir ständig SMS.* Von Fieberschauern geschüttelt schloss ich die Augen. So krank hatte ich mich noch nie gefühlt. Ich zog mir die Decke über die Schultern und fragte mich, wie mir zugleich eiskalt und glühend heiß sein konnte.

Dann bemerkte ich es. Die Uhr war stehengeblieben. Und der Verkehrslärm draußen war verstummt.

Ich machte die Augen auf, und da war er, stand neben meinem Bett. Ich versuchte, mich aufzusetzen, doch er drückte mich sanft, aber bestimmt wieder nach unten.

„Was machst du hier?", krächzte ich.

„Ich habe Angst bekommen, als ich in dein Elternhaus kam und du nicht da warst." Er setzte sich auf die Bettkante. „Du siehst schrecklich aus."

Wahrscheinlich roch ich auch schrecklich. Die Laken waren schweißgetränkt, und der Kissenbezug auch. „Ich hab die Grippe. Wie anscheinend ziemlich viele Leute momentan. Und eine ganz fiese noch dazu."

„Darauf bin ich inzwischen schon selbst gekommen." Er

streckte die Hand aus, um meine Stirn zu berühren, und ich hielt sein Handgelenk fest.

„Komm mir nicht zu nahe", stieß ich mühsam hervor. „Ich will nicht, dass du dich ansteckst."

Er lächelte. „Ich kann mich nicht mit menschlichen Krankheiten anstecken." Er schielte nach dem Wecker auf dem Nachttisch. „Hör zu, ich muss noch ein paar Dinge erledigen, aber dann komme ich wieder, okay? Versuch inzwischen zu schlafen."

Ich brachte ein halbherziges Schnauben zustande. „Ja, *Mom*." Gott, mir tat *alles* weh.

Santa streichelte meine feuchte Stirn. „Schlaf." Die tröstende Berührung ließ meine Lider schwer werden. Ich fühlte mich wie auf Watte gebettet, als würde ich immer tiefer darin versinken, und jede Berührung seiner Finger linderte meine Schmerzen.

Selbst seine Fingerspitzen sind magisch.

Etwas Weiches, Kühles berührte mein Gesicht.

Ich öffnete die Augen. Santa saß neben mir und tupfte mir mit einem feuchten Waschlappen den Schweiß von der Stirn. „Fühlt sich das besser an?"

„Fühlt sich fantastisch an." Ich schnupperte. „Warum riecht es hier nach… Hühnersuppe?"

Er lächelte. „Weil sie auf dem Nachttisch steht. Und die isst du jetzt."

„Du hast keine Zeit, die Krankenschwester zu spielen", protestierte ich. „Ich weiß, was heute für eine Nacht ist. Du hast zu viel zu tun."

Er zog die Augenbrauen hoch. „Willst du, dass ich

gehe?"

„Nein, aber–"

„Dann sei still und lass mich für dich sorgen." Erneut wischte er mir bedächtig über die Stirn. „Lass *mich* entscheiden, ob ich Zeit genug habe, Krankenschwester zu spielen." Er zwinkerte mir zu. „Erwarte nur nicht, dass ich mich auch entsprechend verkleide. Bitte immer nur jeweils ein Kostüm."

„Aber du musst doch Geschenke ausliefern." Ich musste unwillkürlich an enttäuschte Kinder denken, die am Weihnachtsmorgen aufwachten und feststellten, dass das ersehnte Geschenk nicht da war.

Er strich mir das feuchte Haar aus dem Gesicht. „Nein, habe ich nicht. Was glaubst du, was ich gemacht habe, seit ich vorhin gegangen bin? Ich habe fast meine ganze Magie verbraucht, um alles zu erledigen, und der Rest reicht gerade noch, um mich nach Hause zu bringen. Für alles andere, was ich während meiner Zeit hier sonst noch tue, muss ich ohne Magie auskommen."

„Und wo ist *zu Hause*? Am Nordpol? Oder ist das auch ein Mythos, wie Rudolph?" Als er nicht antwortete, seufzte ich: „Du wirst es mir nicht sagen, oder?"

Er lächelte. „Du lernst dazu. Jetzt helfe ich dir, dich aufzusetzen, und dann flöße ich dir die Suppe ein. Und ich will keine Widerworte mehr hören, verstanden?"

Ich wusste, wann ich mich geschlagen geben musste. „Ich werde brav sein."

Er strahlte. „Guter Mann. Unterhaltungen können bis nächstes Jahr warten. Jetzt konzentrieren wir uns erstmal darauf, dich wieder gesund zu kriegen."

Von draußen nahm ich entfernt Verkehrslärm wahr. „Du hast nicht übertrieben", murmelte ich, während er mir Kissen hinter den Rücken stopfte.

„Hmm?"

„Du hast wirklich deine ganze Magie verbraucht. Du hast die Zeit nicht angehalten."

Sein Atem stockte. „Woher weißt du–" Er schüttelte den Kopf. „Du bist wirklich ein bemerkenswerter Mann, Anthony Gordon. Und ich habe Glück, dass ich dich Freund nennen darf." Er tauchte den Löffel in die Suppe. „Genug geredet."

Ich saß in meinem Bett, während Santa mich mit Hühnersuppe fütterte. Und obwohl es sich surreal anfühlte, war es auch wundervoll.

„Wie lange kannst du bleiben?", fragte ich zwischen zwei Löffeln.

„Bei Tagesanbruch muss ich fort. Also ruh dich aus. Noch bin ich ja da."

Ich starrte den seidigen Bart an, der sich in sechzehn Jahren nicht verändert hatte. „Darf ich…" Ich verstummte.

„Darfst du was?"

„Darf… darf ich deinen Bart anfassen?"

Ein leiser Seufzer kam über seine Lippen. „Du darfst."

Ich hob die Hand und strich mit zitternden Fingern über die spinnwebfeinen Haare. Er schien den Atem anzuhalten, während ich es tat, und das fand ich hinreißend. „Macht das denn sonst niemand?"

Er antwortete nicht.

Ermutigt legte ich die Hand an seine Wange. „Du wirst es mir nicht sagen, oder?"

Er lächelte und nahm sanft meine Hand von seinem Gesicht. „Nein. Ich bin mir sicher, dass du Geheimnisse hast. Tja, die habe ich auch." Dann griff er wieder nach dem Löffel.

Ich verstand den Wink.

Die Suppe enthielt offenbar eine ganz eigene Magie, denn mit jedem Löffel fühlte ich mich besser. Ehe ich mich versah, hatte ich den Teller geleert. Er half mir, mich wieder hinzulegen und zog die Decke bis zu meinem Kinn hoch.

„Schlaf, mein Freund.“

Meine Zunge wollte nicht funktionieren, und das war wahrscheinlich auch gut so. Sonst wäre ich womöglich damit herausgeplatzt, dass Santa der sexieste Freund aller Zeiten war.

Ich schrieb das meiner hohen Temperatur zu.

Ich war im Fieberwahn.

Das war es.

Als ich dreiunddreißig war

2000

Ich drehte mich um. Kris lag mit dem Gesicht zum Fenster neben mir, unter zwei Bettdecken, so dass sein Umriss kaum zu erkennen war. Ich musste lächeln. *Armer Schatz. Er spürt die Kälte.* Ich lauschte auf seine rhythmischen Atemzüge – bis mir bewusst wurde, dass ich sie nicht mehr hörte. Ich hörte überhaupt nichts mehr.

Das konnte nur eins bedeuten.

Ich schlug die Bettdecke zurück, schlüpfte in meine Shorts, schnappte mir meinen Bademantel und machte mich auf den Weg zur Tür. Kaum hatte ich die Schwelle zum Wohnzimmer überschritten, nahm ich den vertrauten Duft wahr.

Er ist hier.

Ich blickte mich suchend im Zimmer um und entdeckte ihn vor dem Baum.

„Du hast mich gefunden." Ich war erst vor drei Monaten in diese Wohnung gezogen.

Er drehte sich grinsend um. „Ich finde jeden. Apropos, hübsch hast du's hier."

„Danke." Ich arbeitete immer noch an der Einrichtung, aber allmählich fühlte ich mich hier heimisch.

„Warum bist du nicht bei deinen Eltern? Gab es dieses Jahr keine Vorladung?"

Ich schmunzelte. „Dort geht es im Moment ein bisschen hektisch zu. Ben und seine Freundin Layla heiraten in einer Woche, und das Haus ist ein einziges Chaos. Die Hochzeitsgeschenke sind da, die Torte... Uns alle an Weihnachten bekochen zu müssen war das letzte, was meine Mom brauchen konnte. Außerdem wollte sie vor der Hochzeit eine kleine Verschnaufpause haben." Ich schüttelte den Kopf. „Sie hat sich drei verschiedene Outfits gekauft."

Er blinzelte. „Ich weiß, die Hochzeit ist an Neujahr, aber wird ihr nicht ein bisschen warm sein in so vielen Sachen?"

Ich prustete vor Lachen, als ich mir meine Mom vorstellte, die drei Kleider, Hüte und Jacken übereinander trug. „Ich glaube, sie hat sich endlich entschieden, was sie anziehen will."

Santa wandte sich wieder dem Baum zu. „Wow. Der ist wunderschön. Was hast du gemacht, einen Kurs in Christbaumschmücken belegt?"

Ich stemmte die Hände in die Hüften. „Was willst du denn damit andeuten? Dass ich keinen Baum schmücken kann? Das hört sich nämlich ganz danach an."

Er hob die Hände. „Hey, so habe ich das natürlich nicht gemeint. Habe ich nicht gerade gesagt, dass ich ihn schön finde? Ich bin wirklich beeindruckt von deinen Fähigkeiten."

Ach, Mist.

„Warum kann ich dich nie anlügen?", murmelte ich. Dann seufzte ich. „Sieh mal, das ist nicht mein Werk, okay?" Ich nahm ein gerahmtes Foto von der Anrichte und reichte es ihm. „Es ist seins."

Santa betrachtete das Foto von mir und Kris am bis zum letzten Zentimeter mit Thanksgiving-Leckereien beladenen Esstisch. Er zog die Augenbrauen hoch. „Ein älterer Mann, hm? Wer hätte das gedacht."

Ich kniff die Augen zusammen. „Weißt du, du wirst mit

jedem Jahr sarkastischer." Nicht, dass ich mich beschweren wollte. Wir hatten inzwischen ein entspanntes, ungezwungenes Verhältnis zueinander, und die Tatsache, dass ich so offen mit ihm reden konnte, sprach Bände.

„Und? Wer ist er?" Santa gab mir das Foto zurück. „Ist es was Ernstes?"

Ich streifte das Bild mit einem liebevollen Blick. „Sein Name ist Kris. Und ja, ich glaube schon." Ernst genug, dass mein Bett jetzt seins war.

„Das ist toll."

Ich starrte ihn an. „Willst du das noch mal versuchen?"

Er runzelte die Stirn. „Was meinst du?"

„Ich meine, du sagst zwar, dass du das toll findest, aber dein Tonfall passt nicht ganz dazu. Könntest du mal versuchen, ein bisschen glaubwürdiger zu klingen?" Was hatte er nur? Kris war ein wunderbarer Mann. Okay, in diesem Punkt bestand keine allgemeine Einigkeit, aber das waren nur meine Eltern. Sie hatten sich noch nicht ganz an den Gedanken gewöhnt, einen queeren Sohn zu haben.

„Hey, ich habe das ernst gemeint. Ich freue mich für dich. Es wurde auch Zeit, dass du jemanden findest. Kommt er morgen her und verbringt Weihnachten mit dir?" Dann hielt er kurz inne. „Oh. Das muss er gar nicht. Er ist schon hier."

„Er ist letzte Woche eingezogen."

Santa deutete auf den Barschrank. „Darf ich? Es *ist* schließlich Heiligabend."

Ich schenkte ihm rasch einen Whisky ein. Er lächelte, als er die Flasche sah, und auf einmal war er wieder der Santa, mit dem ich aufgewachsen war. „Du hast es nicht vergessen."

Ich reichte ihm das Glas und deutete dann auf die Couch. Wir setzten uns. „Bist du fertig für heute Nacht?"

Er nickte. „Ich habe dafür gesorgt, dass ich Zeit für dich habe." Sein Blick huschte zu dem Foto, das ich wieder an seinen Platz gestellt hatte. „Wie habt ihr euch kennengelernt?"

„Auf einer Party. Bens Hauseinweihungsfeier, genauer gesagt."

„Hast du ihn schon deinen Eltern vorgestellt?"

„Ja, klar. Das Foto ist bei ihnen zuhause aufgenommen. An Thanksgiving."

Er nippte an seinem Whisky. „Dann muss es was Ernstes sein. Ich meine, wenn er hier eingezogen ist und alles." Santa stellte sein Glas weg. „Weißt du was? Mir fällt gerade ein, dass ich doch noch einen Sack Geschenke auszuliefern habe. Das sollte ich besser gleich erledigen."

„Du bist doch eben erst gekommen." Meine Brust zog sich zusammen.

„Ich weiß, aber ich *habe* einen Job zu machen."

„Na gut, aber kommst du danach nochmal her?" Mein Herz raste. Irgendwas stimmte hier ganz und gar nicht.

„Ich glaube nicht. Es könnte eine Weile dauern. Aber ich wünsche euch beiden morgen einen wunderschönen Tag." Und bevor ich ihn noch einmal bitten konnte, doch noch ein bisschen länger zu bleiben, war er verschwunden.

Ich starrte sein Whiskyglas an. *Er hat nicht mal ausgetrunken.*

Ich war kein Experte, doch sein abrupter Abgang sah mir fast nach einer Flucht aus.

Aber warum?

Als ich fünfunddreißig war.

2002

Ich schenkte mir ein Glas Whisky ein und überlegte dann, ob ich ein zweites eingießen sollte.

Aber wird er überhaupt kommen? Letztes Jahr war sein Besuch noch kürzer ausgefallen als im Jahr davor.

Vielleicht hatte er unsere Gespräche mittlerweile satt. Wenn ja, wäre das schade, denn gerade jetzt brauchte ich meinen Freund mehr denn je.

Kann Santas Magie ein gebrochenes Herz heilen?

Die Uhr hörte auf zu ticken, der Verkehrslärm erstarb, und ich lächelte.

„Ich war in deiner Wohnung. Dort lebt jetzt jemand anders."

„Liegt wahrscheinlich daran, dass ich sie verkauft hab." Ich deutete auf den Barschrank. „Fühl dich wie zuhause."

Santa warf einen Blick auf den Christbaum neben sich. „Den hast du geschmückt, hm?" Seine Lippen zuckten.

Gott, es war *so* schön, ihn zu sehen.

Ich lachte leise. „Das sieht man, hm?"

„Warum hat Kris es nicht gemacht?" Er schenkte sich ein Glas Whisky ein.

„Das wäre ein bisschen schwierig. Er ist mit seinem Lover in Aruba." Ich trank einen großen Schluck.

Santa starrte mich entgeistert an. „Aber…" Er schluckte. „Du hast so glücklich gewirkt, als ich dich das letzte Mal gesehen habe."

Ich seufzte. „Das war ich auch – bis ich herausgefunden

habe, dass der Mistkerl mich betrogen hat. Und zwar schon ein ganzes Jahr lang."

„Aber warum hast du dann die Wohnung verkauft?"

„Weil ich dort immer nur ihn gesehen habe, okay?" Ich machte mir nicht die Mühe, die Stimme zu senken. Ich wusste, dass mich niemand hören würde. „Im Übrigen habe ich auch einen neuen Job. Ich lebe jetzt in einer idyllischen kleinen Stadt namens New Hope. Hübsches Städtchen. Es würde dir dort gefallen. Ich bin überrascht, dass du das nicht schon weißt. Aber vielleicht behältst du mich ja nicht mehr so genau im Auge wie früher." Noch ein Schluck Whisky. Das war mein zweites Glas, und so, wie ich mich gerade fühlte, sollte es wohl besser auch mein letztes sein.

Ich hörte, wie ihm der Atem stockte, und warf einen Blick in seine Richtung. Sein gequälter Gesichtsausdruck ging mir ans Herz. „Was das im Auge behalten angeht... Ich möchte nicht, dass du denkst, ich würde... dich stalken."

„Aber du *beobachtest* mich doch, oder etwa nicht?"

„Nicht direkt. Ich scheine es zu spüren, wenn du... aufgewühlt bist."

Ich schnaubte. „Ich kann mir vorstellen, dass du da am Tag als ich von Kris' Untreue erfahren habe ziemlich viel gespürt hast."

„Da könntest du recht haben." Er seufzte. „Du hast ja keine *Ahnung*, wieviel Überwindung es gekostet hat, hierher zu kommen und nicht gleich mit einem Verhör loszulegen, um zu erfahren, was passiert ist. Ich habe versucht, ganz lässig zu wirken."

„Dann hast du das ziemlich gut hingekriegt." Ich trank einen weiteren Schluck.

Der Schmerz stand ihm immer noch ins Gesicht geschrieben. „Du leidest."

„Jepp, aber irgendwann erhole ich mich schon wieder. Muss mir nur einen heißen älteren Kerl suchen, eine weitere Kerbe in meinen Bettpfosten schnitzen und Kris vergessen." Das hörte sich flapsiger an, als ich beabsichtigt hatte, aber so fühlte ich mich.

Ich brauche Sex. Jede Menge.

Und ich musste das Thema wechseln.

„Wie auch immer, Mom hat mich gefragt, ob ich über die Feiertage nach Hause kommen will. Ich habe die Einladung als das genommen, was sie war – als Friedensangebot."

„Deine Eltern sind nie mit Kris warmgeworden, oder?"

„Nein. Aber um ehrlich zu sein, sie haben seinen Namen kein einziges Mal erwähnt, seit ich hier bin. Sie sind zu sehr damit beschäftigt, meine Nichte und meinen Neffen anzuhimmeln."

Er strahlte. „Das ist wundervoll."

„Ja, Ben und Layla haben sie endlich zu Großeltern gemacht. Ich glaube, sie hatten die Hoffnung schon fast aufgegeben."

Er trank einen Schluck Whisky. „Hast du mal daran gedacht, Kinder zu haben?"

Ich zuckte die Achseln. „Daran gedacht. Mich dagegen entschieden." Und aus irgendeinem Grund war es mir unangenehm, darüber zu sprechen. Ben konnte gern so viele Kinder haben, wie er wollte. Meinetwegen konnte Layla jedes Jahr eins bekommen.

Vielleicht sind manche Leute nicht dafür gemacht, Kinder zu haben.

Ich war nicht scharf darauf, diese Erkenntnis mit Santa zu diskutieren. Schließlich war er der sprichwörtliche Freund aller Kinder, nicht?

Zeit, das Thema zu wechseln. Ich sah ihn an. „Wie geht es dir?"

„Gut, danke."

Er sah genauso aus wie immer, aber… Bildete ich mir die zusätzlichen Falten auf seiner Stirn nur ein? Seine leicht herabgezogenen Mundwinkel? Die dunklen Schatten unter seinen Augen?

Höchstwahrscheinlich. Dieser Mann *konnte* sich nicht verändern – oder?

Und doch…

Ich stellte mein Glas weg. „Wie lange sind wir jetzt schon Freunde? Über zwanzig Jahre, stimmt's? Na schön, alles in allem sind es, alle Weihnachtsabende zusammengerechnet, ungefähr drei Wochen. Das ist trotzdem lang genug, dass ich es merke, wenn du mich anlügst." Ich sah ihm in die Augen. „Und du hast mich gerade angelogen."

Gott, er hätte eine Statue sein können.

Schließlich sagte er: „Ich liebe meinen Job."

„Freut mich zu hören. Denn wenn nicht, wäre das nach so langer Zeit echt scheiße."

„Aber es gibt etwas in meinem Leben, was ich gerne ändern würde."

„Und das wäre?"

Er deutete in Richtung Wohnzimmer. „Das hier. Reden. Ein Glas Whisky trinken. Und dass ich dir nicht so viel erzählen darf. Ich wünschte, ich könnte mehr mit dir teilen." Unerwartet flink sprang er auf. „Aber vielleicht kann ich das ja. Komm mit."

Ich blinzelte. „Gehen wir irgendwo hin? Ich bin wohl kaum richtig angezogen für… na ja, so ziemlich überall." Zum einen trug ich nichts unter meinem Bademantel. Schlafanzüge hatte ich schon seit Jahren abgeschafft.

Dann schnippte Santa mit den Fingern und wir standen im Schnee, neben –

„Oh mein Gott." Der Schlitten war leuchtend rot, mit

einem äußerst bequem aussehenden Polstersitz. Ich folgte mit den Blicken den schwarzen Lederzügeln, die über dem Vorderteil hingen…

Acht Rentiere. Acht verdammte *Rentiere*. Ihre dunklen Geweihe zeichneten sich deutlich gegen die weiße Landschaft um sie herum ab. Ihr Fell war eine Mischung aus Dunkelbraun und Weiß, nicht glatt und glänzend, sondern rau. Acht Köpfe wandten sich mir zu, und acht Paar feuchte braune Augen sahen mich an.

Ich wurde genau begutachtet.

„Du weißt, wie ich mich fortbewege, oder?“ Belustigung lag in Santas Stimme.

„Ja, klar, aber es wirklich zu sehen? Ich meine, sie?“ Ich hob die Hand. „Hey, Ladys. Gut seht ihr aus.“

Die Leit-Renkuh nickte mit dem Kopf, und das Geräusch, das sie von sich gab?

Ich hätte schwören können, dass sie mich auslachte.

„Steig ein.“

Es dauerte einen Moment, bis mir seine Worte ins Bewusstsein drangen. „Wie bitte?“

Santa deutete auf den Sitz. „Steig ein, hab ich gesagt. Wenn dir kalt wird, kannst du dich an mir festhalten. Ich habe genug Wärme für uns beide.“

Dann begriff ich.

Ich war eingeladen, im Schlitten des Weihnachtsmannes mitzufahren.

Dreiundzwanzig Jahre fielen von mir ab, und ich war so aufgeregt wie der zwölfjährige Junge, der ins Wohnzimmer gekommen war und etwas gesehen hatte, das sein Leben veränderte.

„Aber ja doch.“

Er stieg ein, und ich folgte ihm. Ich fröstelte, und er runzelte die Stirn. „Du frierst. Ich hätte dich etwas anziehen lassen sollen.“

„Natürlich ist mir kalt. Ich bin da drunter nackt." Es stand nicht zu befürchten, dass der untere Teil meiner Anatomie in Erscheinung treten würde. Ich war eher in Sorge, dass er auf die Größe einer Walnuss schrumpfen könnte.

Santas Wangen färbten sich rosa.

„Aber du hast ja gesagt, dass du Hitze genug für zwei hast", erinnerte ich ihn.

Er legte den Arm um mich. „Wir machen dieses Mal keine Weltreise, nur einen kurzen Ausflug."

„*Dieses* Mal?"

Er grinste. „Glaub mir, du wirst darum betteln, dass wir das noch mal machen. Und weißt du was? Wahrscheinlich werden wir das auch." Dann ruckte er mit beiden Händen an den Zügeln. „Los, Mädels."

Es gab ein großes Schnauben, Schnaufen, Prusten und *Oh mein Gott*, wir *flogen*. Die Welt unter uns versank, und ich klammerte mich an Santa, krallte die Finger in den weichen Umhang und wünschte, er hätte noch seinen Arm um mich gelegt. Die Rentiere legten sich ins Geschirr und zogen uns hinauf in den schwarzen, mit Sternen übersäten Himmel.

Und dann flogen wir über Hügel, Felder und Städte. Einige waren in Dunkel gehüllt, andere erleuchtet von Straßenlaternen, Fenstern, Autoscheinwerfern… Hoch über uns kroch ein Flugzeug über den Himmel und brachte seine Passagiere wer weiß wohin. Die Rentiere schlugen ein gemütlicheres Tempo an, und Santa lehnte sich zurück, die Zügel in einer Hand.

Ein weiterer Schauer überlief mich, und er legte wieder den Arm um mich.

„Besser?"

„Viel besser." Wärme strahlte von ihm aus, und ich legte den Kopf an seine Schulter und lauschte dem Klimpern und Klingeln der Glöckchen, die am Zuggeschirr hingen. Ich spähte nach unten und versuchte, unseren Standort zu bestimmen, doch die tiefe Nacht über dem Land unter uns machte es schwierig, etwas zu erkennen. „Wie findest du nur deinen Weg?"

Er lachte. „Ich mache das schon so lange, dass ich es mit verbundenen Augen tun könnte." Er streifte mich mit einem Blick. „Aber das hier ist eine Premiere."

„Hast du noch nie jemanden in deinem Schlitten mitgenommen?"

„Noch nie."

Ich platzte fast vor Stolz. „Wow. Da fühle ich mich ja gleich wie etwas ganz Besonderes." Dann kam der Boden unter uns näher, und ich begriff, dass wir zur Landung ansetzten. „Schon?" Ich wollte dort oben bleiben, die Magie noch ein bisschen länger genießen.

Seinen Arm um mich spüren.

„Ich hab doch gesagt, das wird ein kurzer Ausflug." Er zog an den Zügeln, der Schlitten legte sich in die Kurve, und die Rentiere setzten anmutig auf der Erde auf, landeten genau dort auf dem zertrampelten Schnee, wo sie gestartet waren.

Er wandte sich an mich. „Hat es dir gefallen?"

„Nein", behauptete ich, ohne eine Miene zu verziehen. Dann grinste ich. „Ich fand's toll. Und jetzt kann ich den nächsten Weihnachtsabend kaum erwarten."

„Der nächste Ausflug wird länger, versprochen. Und du darfst dir aussuchen, wo wir hinfliegen."

„Ernsthaft?" Kris war vergessen, alle Gedanken an ihn verdrängt von der Erinnerung an die Fahrt durch den Nachthimmel, in Santas Arm.

Seinem starken Arm.

Seiner Wärme.

Trotz der Kälte regte sich mein Schwanz, und in diesem

Moment wurde mir etwas Wichtiges klar.

Alle Männer, mit denen ich bisher zusammen gewesen war? Alle, die ich attraktiv gefunden hatte?

Sie sahen alle wie Santa aus.

Als ich vierzig war

2007

Santa lehnte sich im Sessel zurück. „Du hast hier wirklich viel gemacht. Gefällt mir.“

Das kleine Haus war genau richtig für mich. Ich war nah genug am Fluss, dass ich ihn nachts hören konnte, wenn es windstill war. New Hope war eine LGBTQ+-freundliche Stadt, mit einem Meer von Regenbogenflaggen, wohin man auch schaute. Es gab reizende kleine Läden, Cafés, Restaurants… Die tägliche Fahrt zur Arbeit und zurück war nicht beschwerlich, und ich liebte meinen Job.

Alles war in jeder Hinsicht ein Gewinn.

Nun ja, nicht ganz.

Mein einmal-im-Jahr-Freund besuchte mich immer noch, aber er gab nichts über sein Leben preis.

Das machte mir allmählich Sorgen.

„Also… die große 40.“ Santa nippte an seinem Whisky.

„Ich weiß nicht genau, was ich erwartet habe, wenn ich ehrlich sein soll.“ Als er mich fragend ansah, zuckte ich die Schultern. „Heißt es nicht, mit vierzig fängt das Leben an?“

„So sagt man. Ich persönlich denke, es ist nur eine weitere Zahl. Nach einer Weile verschwimmen sie alle miteinander.“

Ich legte den Kopf schräg. „Kannst du dich überhaupt noch daran erinnern, wie es war, vierzig zu sein?“

Er starrte in sein Glas. „Ja, und das verdanke ich einem Aspekt an meiner Existenz, den ich auch manchmal verfluche – meinem phänomenalen Gedächtnis."

Lieber Gott. „Du musst ja eine Menge Erinnerungen mit dir herumtragen."

„Und auch viele andere Dinge – Hoffnungen, Reuegefühle…"

Meine Brust wurde eng. „Was hattest du für Hoffnungen, als du in meinem Alter warst?" Ich rieb mir über den Kopf. „Ich hatte nämlich gehofft, ich hätte noch mehr Haare."

„Ach, ich weiß nicht", sagte er mit einem Augenzwinkern. „Mir gefällt's. Und du hast ja noch deinen Bart."

„Ja, aber der ist schon ziemlich grau. Ich hatte daran gedacht, ihn zu färben."

Santas Atem stockte. „Untersteh dich."

Ich blinzelte. Ich hatte nicht mit so vehementem Protest gerechnet. *Das Grau gefällt ihm?* Santa trank weiter, als wäre seine Reaktion völlig normal.

„Du hast meine Frage noch nicht beantwortet."

Er umfasste sein Glas mit beiden Händen. „Ich hatte wohl gehofft, ich wäre glücklich. Verliebt."

Wenn er nicht mitteilsamer sein wollte, würde ich den ersten Schritt machen müssen.

„Darf ich fragen… Wie kam es dazu? Ich meine, wie wird man der Weihnachtsmann? Ich bin mir ziemlich sicher, dass du nicht als Santa Claus geboren wurdest."

„Nein, nein, das nicht. Aber…" Er schluckte. „Darüber darf ich nicht reden. Es gibt Regeln."

„Ernsthaft?" Er nickte. „Wer stellt die auf?"

„Darüber darf ich auch nicht reden."

„Gibt es Regeln über das Mitnehmen von Leuten in deinem Schlitten?" Er hüstelte, und ich nickte wissend. „Aha. Du hast eine dieser Regeln umgangen, nicht?"

Santa winkte ab. „Das war schon in Ordnung. Wir sind

ja in dieser Welt geblieben."

Jetzt wurde es interessant.

„Dann gibt es also noch eine andere?"

Er nickte wieder. „Ja, dort lebe ich die anderen dreihundertvierundsechzig Tage."

Auf keinen Fall konnte ich jetzt *nicht* fragen. „Wie ist es da so?"

Er legte den Kopf gegen die Rückenlehne. „Dort steht die Zeit still. Das kann wunderbar sein – oder beängstigend."

Ich räusperte mich. „Ich weiß, du redest nie darüber, aber… Bitte sag mir, dass du in dieser anderen Welt nicht allein bist. Sag mir, dass du jemanden hast."

„Ich bin nicht allein", versicherte er. „Und ja, ich habe *Arbeiter*." Er malte mit den Fingern Anführungszeichen in die Luft. „Aber es sind keine Elfen." Er verstummte.

„Du wirst mir nicht sagen, was sie sind", konstatierte ich.

„Nein. Regeln, schon vergessen?"

„Aber du hast meine Frage nicht beantwortet. Nicht allein zu sein ist nicht dasselbe wie dein Leben mit jemandem zu teilen."

Sein Adamsapfel bewegte sich ruckartig auf und ab. „Ich… ich kann nicht darüber reden, okay? Jetzt lass uns das Thema wechseln. Wie geht es deinen Eltern? Wie geht's Ben? Pete und Becca müssen inzwischen fünf sein. Wie gefällt ihnen das Leben in Europa?"

Ich starrte ihn an. „Wenn du weißt, dass Ben wegen seines Jobs nach Europa gegangen ist, dann weißt du genau, wie alt sie sind. Und es geht allen gut. Na ja…" Mein Magen krampfte sich zusammen. *Was verbirgst du vor mir? Ist es so schlimm, dass du's mir nicht erzählen kannst?* Er war nicht der Einzige, der Dinge für sich behielt.

Er runzelte die Stirn. „Du scheinst einige Zweifel zu haben."

Ich hätte wissen müssen, dass ich es nicht verheimlichen konnte.

„Meine Mom… macht gerade einiges durch. Gesundheitsprobleme."

Seine Augen weiteten sich. „Aber sie ist okay?"

„Ja. Zumindest glaube ich das. Sie sagt immer, sie hätte noch Jahrzehnte vor sich. Und das ist prima, weil sie erst sechsundsechzig ist." Obwohl ich mich allmählich zu wundern begann, warum sie das jedes Mal wiederholte, wenn ich sie sah. „Was meinen Dad betrifft… bei ihm ist alles wie immer. Sie machen beide immer noch Andeutungen."

„Was für Andeutungen?"

Ich lächelte. „*Hast du's schon mal mit so einer Dating-Gruppe versucht? – Was ist mit Speed-Dating? – Willst du nicht mal eine Kreuzfahrt machen?* Sie haben sogar versucht, mich mit ihrem Hausarzt zu verkuppeln, als sie dahintergekommen sind, dass er schwul ist."

„Und? Wie ist das gelaufen?"

Ich grinste. „Er ist achtunddreißig. Was glaubst du wohl, wie das gelaufen ist?"

„Ich nehme an, dein Männergeschmack hat sich nicht geändert? Dann ist es mir klar. Reden wir nicht mehr davon. Also, warum bist du hier und nicht bei deinen Eltern?"

Ich lächelte. „Du warst dort, oder? Du weißt, dass das Haus leer ist."

„Kann schon sein, dass ich dort zuerst nachgeschaut habe."

„Mom und Dad verbringen Weihnachten bei Ben, Layla und den Kids in Europa. Mom hat monatelang von nichts anderem geredet."

Er legte den Kopf schräg. „Hat es jemanden gegeben, seit wir uns das letzte Mal getroffen haben?"

Ich biss mir auf die Lippe. „Das fragst du mich jedes Jahr, weißt du.“

„Ich will nur, dass du glücklich bist.“ Er sah mir in die Augen. „Ich mache mir Sorgen um dich.“

Das war eine Gelegenheit, die ich nicht ignorieren konnte.

„Komisch. Ich mache mir nämlich auch Sorgen um dich.“

„Wieso das denn?“

Ich zog die Augenbrauen hoch. „Musst du das erst fragen? Du bist ein Mann mit Geheimnissen, und ich kann nicht anders, als besorgt zu sein. Ich bekomme dich nur in einer Nacht im Jahr zu sehen. Was, wenn das, was ich in dieser Nacht sehe, nur ein Deckmantel ist? Was, wenn du die anderen dreihundertvierundsechzig Tage Höllenqualen durchmachst?“

Er starrte mich an. „Hat dir schon mal jemand gesagt, dass du an einer überaktiven Fantasie leidest? Und denk bloß nicht, ich hätte nicht gemerkt, dass du *meine* Frage nicht beantwortet hast.“

Für einen Moment sagte ich nichts, sondern trank einen Schluck Whisky und ließ mich davon wärmen. Ich konnte ihm ja nicht die Wahrheit sagen, oder?

Kein Mann, den ich je kennengelernt hatte, konnte es mit dem Mann im roten Umhang aufnehmen.

Schließlich seufzte ich. „Es gibt niemanden. Jedenfalls keinen, der länger als ein paar Wochen geblieben wäre. Ich habe mich damit abgefunden, Junggeselle zu bleiben. Na ja… Junggeselle mit gewissen Vorzügen.“ Mehr würde ich zu diesem Thema nicht sagen.

Er würde mir schließlich auch keine Einzelheiten über sein Sexleben mit Mrs. Claus verraten, nicht wahr?

Doch dieser Gedanke brachte mich auf unerwartete Abwege.

Es kam mir fast frevelhaft vor, mir Santa im Rausch der Leidenschaft vorzustellen. Irgendwie so, wie daran zu denken, dass die eigenen Eltern Sex hatten. Obwohl… wenn ich nur daran dachte, hätte ich vor Scham im Boden versinken können, aber mir auszumalen, was sich unter diesem roten Anzug verbarg?

Ich konnte gar nicht mehr zählen, wie oft ich das in den letzten Jahren getan hatte.

Er musterte mich schweigend, dann hüstelte er. „Ich habe es nie fertiggebracht, dir diese Frage zu stellen. Aber jetzt habe ich wohl meine Antwort."

„Ich passe immer noch auf", beteuerte ich. „In dieser Hinsicht hast du keinen Grund zur Sorge. Und ich benutze immer noch Kondome." Obwohl ich von gewissen medizinischen Fortschritten gehört hatte, die das ändern konnten. Ich musste erst noch ein wenig recherchieren.

„Das freut mich. Dass du aufpasst, meine ich."

Ich lächelte. „Und ich bin froh, dass du dieses Jahr länger bleiben konntest." Da war wieder dieser fragende Blick. „Ein paar Mal bist du ganz schnell wieder von hier verschwunden – oder wo auch immer wir gerade waren." Es machte die Sache noch interessanter, dass das immer die Nächte betraf, in denen ich nicht allein gewesen war.

Er schaute zum Fenster. „Heute ist eine wunderschöne Nacht."

Der Themawechsel entging mir keineswegs.

„Eine wunderschöne Nacht für eine Schlittenfahrt?"

Er strahlte. „Was für eine großartige Idee." Dann räusperte er sich. „Nur… könntest du dir dieses Jahr vielleicht vorher etwas anziehen?"

Mich beschlich die Erinnerung an letztes Jahr, als ich mich an ihn geklammert hatte – und mein Bademantel aufgegangen war.

Ich weiß immer noch nicht, wer von uns beiden sich mehr geniert hatte – er beim Anblick meines besten Stücks, das im Wind flatterte, oder ich, weil besagtes Körperteil deutlich kleiner war, als ich es mir gewünscht hätte.

Als ich siebenundvierzig war

2014

Ich wusste, dass er da war, als ich den Fernseher nicht mehr hören konnte. Nicht, dass ich bewusst geschaut hätte. Die Sendungen waren zu einem Schleier aus Bildern und Geräuschen verschwommen und einfach zu einem Teil des Hintergrunds geworden.

Meine Gedanken waren woanders, und es tat *verdammt* weh.

Er drückte sanft meine Schulter, und ich strengte mich sehr an, nicht erleichtert aufzuschluchzen. „Hey", krächzte ich.

„Anthony… es tut mir ja so leid."

Dann wusste er es. Natürlich tat er das.

„Sind Ben und seine Familie zur Beerdigung gekommen?"

„Zu welcher?" Meine Kehle zog sich zusammen, und ich trank einen weiteren Schluck aus einem sehr großen Glas Whisky mit Soda. Das Zeug hätte eigentlich den Schmerz betäuben solle, aber es bewirkte einen Scheiß.

Santa setzte sich neben mich, nahm mir das Glas aus der Hand, stellte es auf das Tischchen und zog mich an sich. Ich vergrub das Gesicht in seinem Umhang und weinte. Sie waren vielleicht nicht die besten Eltern der Welt gewesen, aber sie waren alles, was ich hatte, und jetzt waren sie tot.

Erst war meine Mom an einem Herzinfarkt gestorben,

und dann einen Monat später mein Dad. Als könnte er es nicht ertragen, ohne sie auf dieser Welt zu sein.

Viel zu früh, verdammte Scheiße.

„Sie hatte nicht mal mehr ein Jahrzehnt."

Er streichelte mir über den Kopf. „Soll ich lieber wieder gehen?"

Ich hob ruckartig den Kopf. „Gott, nein. Ich *brauche* dich. Ich brauche dich jetzt so sehr."

„Du hast mich", tröstete er.

„Hast du denn keine Geschenke auszuliefern?" Dabei betete ich, dass er für heute Nacht fertig war. Ich hätte es nicht ertragen, wenn er gegangen wäre, wenn ich den Halt so dringend brauchte, den ich in seinen Armen fand. Ein kleiner Teil meines Verstands erinnerte mich daran, dass er mich nur so fest an sich drückte, weil ich sein Freund war, und weil ich litt. Dass es nichts weiter war.

In diesem Moment war mir das egal. Ich würde nehmen, was ich verdammt nochmal kriegen konnte.

„Ich bin fertig für dieses Jahr. Jetzt gehöre ich ganz dir."

Gott, ich wünschte, es wäre so. Ich quälte mich mit der Vorstellung, ihm das Gesicht zuzuwenden, ihm Stück für Stück näher zu kommen und ihn zu küssen. Zu spüren, wie dieser seidig-feine Bart an meinem raueren rieb.

Aber das würde ich nicht tun. Ich hatte nicht die Absicht, einen heterosexuellen Mann zu küssen, nur weil ich in den letzten paar Jahren unzählige Male davon geträumt hatte. Denn was wären die Konsequenzen?

Ich könnte meinen besten Freund verlieren.

Das war nicht übertrieben. Ich hatte Freunde und Bekannte, aber niemanden, der mich so gut kannte wie er. Niemanden, der mich so gut verstand, *wirklich* verstand, auch wenn er nur einmal im Jahr in mein Wohnzimmer kam. Niemanden, der so viel Verständnis für mich hatte.

Der beste Freund, den ich je gehabt hatte, und ich konnte

es keiner Menschenseele sagen.

Als meine Tränen versiegt waren, rückte ich ein wenig von ihm ab. „Ich fürchte, dieses Jahr habe ich keine große Lust auf eine Schlittenfahrt", sagte ich.

Er seufzte. „Schade. Ich wollte dir gern etwas zeigen."

„Letztes Mal waren wir in Italien. Und im Jahr davor in Island. Ich bin mir ziemlich sicher, dass du *das* nicht toppen kannst." Die Landschaft war atemberaubend gewesen.

Er räusperte sich. „Diesmal wäre es eine ganz andere Reise."

Ich bekam Gänsehaut auf den Armen, und meine Haut kribbelte. „Verstehe." Mein Herz hämmerte. „Dann steigen wir wohl besser in den Schlitten."

Er erstarrte. „Aber du hast doch gesagt–"

„Das war gelogen, okay? Wenn ich die Wahl habe, entweder hier zu sitzen und in meiner Trauer und Selbstmitleid zu versinken oder mit dir spazieren zu fahren, tja, dann brauche ich nicht lange nachzudenken." Ich brachte ein Lächeln zustande. „Außerdem hast du mich neugierig gemacht." Dann kam mir die Erkenntnis. „Wow."

Er runzelte die Stirn. „Was ist denn?"

„Du hast mich zum Lächeln gebracht. Ich glaube, ich habe seit zwei Monaten nicht mehr gelächelt."

Er stand auf und streckte mir die Hand entgegen. „Dann komm mit und ich zeige dir etwas, das dich noch mal zum Lächeln bringt. Etwas, das noch nie jemand gesehen hat." Ich nahm seine Hand, er zog mich auf die Füße, und gleich darauf standen wir neben dem Schlitten. Die Rentiere drehten die Köpfe, nickten und gaben leise, glückliche Laute von sich, die mir unglaublich gut taten.

„Sie haben dich vermisst", sagte Santa herzlich. Er stieg in den Schlitten, und ich folgte ihm und sah mich nach der dicken Decke um, die er mir letztes Jahr um die Beine gewickelt hatte. „Die wirst du nicht brauchen, nicht da, wo wir hinfahren."

„Ist es dort Sommer?", fragte ich.

„Nicht direkt."

Ich lehnte mich an ihn, er nahm die Zügel auf, und das Rentiergespann zog uns mühelos in den Himmel. Wir stiegen höher und höher, bis ich die Krümmung der Erdkugel unter uns sehen konnte, und mein Atem beschleunigte sich. Dann funkelten Lichter ringsumher, als wir in den Sturzflug gingen und steil nach unten sanken, und ich klammerte mich an Santa und kreischte wie ein kleiner Junge auf seiner ersten Achterbahnfahrt. Die Luft rauschte an uns vorbei, raubte mir den Atem und mein Herz raste. Dichte, weiße Wolken umgaben uns, die so massiv wirkten, dass man sich vorstellen konnte, von ihnen abzuprallen. Und dann waren wir durch, und –

Ich blinzelte, als ich sah, was unter uns lag.

„Oh mein Gott, wo *sind* wir?"

Es war wunderschön. Sanfte grüne Hügel erstreckten sich bis zu einem glitzernden Ozean, und inmitten dieser üppigen, grünen Landschaft stand ein gedrungenes, weißes Haus, umgeben von Feldern und Bäumen. Sonst gab es meilenweit nichts. In der Ferne ragten zerklüftete, schneebedeckte Gipfel auf, und weit draußen im Meer erspähte ich eine Inselgruppe im unglaublich türkisfarbenen Wasser.

Es ging immer weiter abwärts, bis die Hufe der Rentiere auf dem Boden aufsetzten und wir zu diesem anheimelnden Haus gezogen wurden. Der Schlitten hielt neben einer niedrigen, breiten Mauer, direkt vor dem Tor.

Als ich ausstieg, konnte ich den Blick nicht von der landschaftlichen Schönheit ringsumher losreißen. „Wo sind wir hier?"

Santa blieb neben mir stehen. „Du bist jetzt in meinem Reich, und das hier ist mein Haus."

Ich staunte mit offenem Mund. „Dann sind diese ganzen Geschichten über den Nordpol–"

„Ein Mythos. Ja." Er deutete auf das Tor. „Wollen wir reingehen?"

Der Weg führte über einen Pfad aus pinkfarbenen Steinplatten, und mir stieg ein herrlicher Duft in die Nase. „Was *riecht* denn hier so gut?" Der Geruch war mir irgendwie vertraut.

„Das ist das Gras."

Ich hatte den Geruch von frischgemähtem Gras schon immer gemocht, aber dieser Duft… Dann wurde mir klar, woher ich ihn kannte – Santa hatte so gerochen, jedes Mal, wenn er in meinem Zuhause erschienen war. „Kein Wunder, dass ich ihn nicht zuordnen konnte", murmelte ich. „Es gibt nichts Vergleichbares auf dem Planeten, oder?" Denn alle meine Sinne sagten mir, dass Santas Zuhause, wo auch immer es sein mochte, nicht auf der Erde war.

Wir näherten uns der Tür, und mein Puls beschleunigte sich bei der Überlegung, was wohl dahinter lag. Doch als er sie aufstieß, empfing mich ein anheimelnder Innenraum mit warmen, cremefarbenen Wänden, roten Bodenfliesen und einem rustikalen offenen Kamin, der die Mitte des Zimmers dominierte. Überall lagen bunte Teppiche, und große Fenster ließen das Licht in alle Ecken und Winkel strömen.

„Das ist wundervoll."

Er lächelte. „Freut mich, dass es dir gefällt."

Ich schlenderte durch den Raum, strich über die Ledersofas, atmete den Duft frischgeschnittener Blumen ein und betrachtete die Bilder an den Wänden. „Sind das deine? Ich meine, hast du die gemalt?"

„Ja. Eine Fähigkeit, die ich zu perfektionieren versuche. Frag mich bloß nicht, wie lange ich das schon versuche", fügte er schmunzelnd hinzu.

„Die sind beeindruckend", sagte ich aufrichtig. Es waren größtenteils Stillleben und Landschaften, aber hier und da hingen auch Selbstportraits dazwischen, gemalt bei unterschiedlichen Lichtverhältnissen.

Die niedrige, weißgestrichene Decke mit den freiliegenden dunklen Balken verlieh dem Raum eine Atmosphäre wie im mittelalterlichen England, ganz wie aus dem Geschichtsbuch.

Dann wurde mir klar, was fehlte.

„Wir sind die Einzigen hier." Ich sah ihn an und wartete auf Bestätigung.

Er nickte. „Bitte setz dich. Ich muss mit dir reden."

Ich kam seiner Bitte nach, und er setzte sich neben mich auf die breite Ledercouch. Sein Tonfall war so ernst, dass mich ein Schauder überlief. Santa holte tief Luft.

„Als Erstes muss ich dich um Entschuldigung bitten."

Ich erstarrte. „Warum? Was hast du getan?"

Er schluckte. „Ich habe dich angelogen."

Jetzt bekam ich Angst. „Red weiter."

Er sah mir unverwandt in die Augen. „Du hast mich gefragt, ob ich mich noch erinnern kann, vierzig gewesen zu sein. Tja… die Wahrheit ist… nein, das kann ich nicht. Ich war schon immer so alt, wie ich jetzt bin."

Ich runzelte die Stirn. „Aber… du musst doch irgendwann *geboren* worden sein, oder?"

Er schüttelte den Kopf. „Ich wurde so erschaffen, wie du mich siehst."

„Aber von wem erschaffen?"

Santa lächelte. „Vom kollektiven Bewusstsein der Menschen in deiner Welt. Sie haben mich buchstäblich *er-*dacht. Sie brauchten eine Symbolfigur für wahre Güte,

Selbstlosigkeit… und so entstand ich." Er hielt inne. „Du hast mich gefragt, ob ich hier allein bin. Da habe ich wieder gelogen. Ja, hier gibt es nur mich. All diese Geschenke, die ich abliefere? Ich erschaffe sie."

„Aber wie?" Ich stöhnte auf. „Mit Magie, natürlich."

Er nickte.

„War denn *alles* eine Lüge?" Mein Magen zog sich zusammen.

„Nein. Ich habe dir erzählt, dass ich Reuegefühle und Hoffnungen mit mir herumtrage… und auch, dass ich glücklich sein wollte. Verliebt. Das war alles wahr."

Ich runzelte die Stirn. „Und Mrs. Claus?"

Er lächelte. „Es gibt keine Mrs. Claus. Sie ist ebenso ein Mythos wie Rudolph."

„Also, Moment mal. Ich habe den Film gesehen. Du weißt schon, den, in dem du Holzschnitzer bist und eine Frau hast, aber keine Kinder. Dann, eines Tages, verirrst du dich in einem Schneesturm, und diese Wichtel finden dich, und du–"

Er brach in Gelächter aus. „Ich habe keine Ahnung, wovon du redest."

Doch ich lachte nicht. Wenn ich mir sein Leben hier, an diesem wunderschönen, aber einsamen Ort vorstellte, hätte ich weinen mögen. „Aber… hättest du dir nicht in *meiner* Welt eine Frau suchen können? Jemanden, der dir Gesellschaft leistet? Als du erschaffen wurdest, hat doch niemand bestimmt, dass du dein Leben allein verbringen sollst. Das ist einfach… grausam."

„Ja, ich *hätte* mir schon eine Frau nehmen können – wenn ich eine gewollt hätte."

Mir ging ein Licht auf, und ich stieß einen tiefen Seufzer aus. „Oh, jetzt verstehe ich. Ich weiß, warum du allein bist."

Er blinzelte. „Wirklich?"

„Natürlich. Es liegt ja auf der Hand. Wenn du dir eine Frau suchen würdest, die dein Leben mit dir teilt, müsstest du sie hierher in dein Reich holen. Sie müsste ihr sterbliches Leben hinter sich lassen, um mit dir in der Unsterblichkeit zu leben." Er hatte mein tiefstes Mitgefühl. „Und du würdest es hassen, das zu tun, weil du wüsstest, dass sie ihre ganze Familie zurücklassen muss. Sie könnte nie erklären, was da passiert."

Santa war wirklich selbstlos.

Er biss sich auf die Lippe. „Nun ja… das stimmt nur zur Hälfte."

Ich starrte ihn an. „Welche Hälfte stimmt?"

„Ich könnte nie von jemandem verlangen, sein sterbliches Leben aufzugeben, um mit mir zusammen zu sein. Damit hast du recht. Alle *sagen*, dass sie gern unsterblich wären. Aber wenn sie mal darüber nachdenken würden, was das bedeutet, dann würden sie das nicht wollen, nicht wirklich. Ein Leben voller endloser Tage, bis in alle Ewigkeit? Man könnte verrückt werden angesichts einer solchen Existenz."

Ich warf einen Blick auf unsere Umgebung. „Das hier ist ein schöner Ort zum Verrücktwerden", murmelte ich.

„Und man müsste schon ein außergewöhnlicher Mensch sein, um damit klarzukommen. Aber wenn ich ehrlich sein soll – das mit der Ewigkeit? Daraus wird nichts."

„Wie meinst du das?"

Seine Miene wurde ernst. „Eines Tages – und wahrscheinlich eher, als irgendjemand glaubt – werde ich überflüssig sein." Ich starrte ihn an, und er nickte. „Ich wurde schließlich zu einem bestimmten Zweck erschaffen. Wenn dieser Zweck nicht mehr existiert, wenn meine Rolle nicht mehr erforderlich ist, dann werde ich vielleicht auch sterben, oder auf immer und ewig in dieser Welt gefangen sein." Er seufzte wieder. „Ich weiß nicht, ob das wahr ist, aber ich muss die Möglichkeit in Betracht ziehen." Er räusperte sich. „Und der Grund, warum ich mir nie eine Ehefrau gesucht habe, ist einfach der..." Er richtete den Blick seiner braunen Augen auf mich. „Ich hätte lieber einen Ehemann."

Als mir die Worte fehlten

Ich schwöre, mir blieb fast das Herz stehen vor Schreck. „Ehemann?"

Stopp, stopp, nicht so hastig. Santa ist schwul?

Bitte, bitte, sag mir, dass ich das richtig verstanden habe. Sag mir, dass ich mir das alles nicht nur einbilde. Sag mir, dass ich das eben nicht nur gehört habe, weil ich es hören wollte.

Gott, er sah mich immer noch an.

„Ehemann, fester Freund – obwohl letzteres merkwürdig klingt bei jemandem, der so alt ist wie ich." Dann lächelte er. „Nicht, dass es *jemals* jemanden in meinem Alter gegeben hätte, also kann ich es wohl ausdrücken, wie ich will. Es läuft darauf hinaus, dass ich keine Frau wollte – ich wollte einen Mann."

Er sah mich *immer noch* an.

„Dann…" Ich musste einfach fragen, denn die Stimme in meinem Kopf forderte das so lautstark von mit, dass mir der Kopf schwirrte und ich zitterte. „Hat es jemals… ich meine, es *muss* doch jemanden gegeben haben, der…"

„Ich habe es noch nie jemandem gesagt. Bis jetzt."

Und er sagte es *mir*. Das *musste* doch etwas bedeuten, oder?

„Hast du schon mal jemanden mit hierher–"

„Nein. Nur dich."

„Aber du musst doch Interes–"

„Nein."

Oh mein Gott, wollte er mir damit sagen, was ich *glaubte*, dass er mir sagen wollte?

Dann wurde mir plötzlich alles klar. Ich war in einer Welt, in der die Zeit stillstand, in der ein Moment ewig dauern konnte, und ich wollte nicht, dass dieser Moment je endete.

Nun ja, nicht bevor ich etwas mit dem Wissen angefangen hatte, das ich eben erworben hatte. Vorausgesetzt, ich brachte genug Mut dafür auf.

Ich holte tief Luft, doch was mir über die Lippen kam, überraschte mich zutiefst. „Weißt du, dafür, dass du der Weihnachtsmann bist, sieht es hier nicht besonders weihnachtlich aus."

Was zum Teufel? Santa lüftete endlich das Geheimnis, das er vor dem ganzen Universum bewahrt hatte, und ich beschwerte mich über das *Dekor*?

Er blinzelte. „Oh. Tja… dann sollte ich wohl besser mal was dagegen unternehmen." Er schnippte mit den Fingern, und rundum brach *schlagartig* Weihnachten aus. Ein großer, mit bunten Lichtern und Lametta geschmückter Christbaum stand in einer Ecke. Überall brannten Kerzen. Von der Decke hingen noch mehr bunte Lichter.

Ich sprang auf, und er tat es mir nach. Ich drehte mich im Kreis, um das Glitzern und Funkeln um uns herum in mich aufzunehmen. „Ist das schön!" Santa würde die Welt auf den Kopf stellen, falls er je beschloss, als Weihnachts-Innendekorateur tätig zu werden. *Der Rest von denen könnte genauso gut den Beruf wechseln, denn er hat es* echt *drauf.*

Etwas hing über der Stelle, an der wir standen.

Er schaute hoch. Ich schaute hoch.

Ein Mistelzweig, mit üppigen, grünen Blättern und leuchtend weißen Beeren, hing von einem der Dachsparren herab, keinen halben Meter über unseren Köpfen.

Ich sah ihn an und stellte fest, dass er auf meinen Mund starrte. Ich heftete den Blick auf seine volle Unterlippe, unter der weißes, seidiges Haar sprießte, das nur an den Wurzeln einen Anflug von Grau aufwies. Dann bewegten wir uns aufeinander zu, ganz langsam, als hätten wir alle Zeit der Welt, bis unsere Lippen sich trafen.

Was natürlich auch der Fall war. Die Zeit stand still, und daher konnte unser erster Kuss ewig dauern, wenn wir das wollten.

Seine Lippen waren warm und weich. Sein Bart streifte meinen. Ich umfasste sein Gesicht und atmete seinen Duft ein, diese würzige Süße, die mir bis ins *Mark* drang. Der Seufzer, der ihm entschlüpfte, sagte deutlicher als Worte *Da bist du ja endlich.*

Ich wich behutsam zurück, um die Zerbrechlichkeit dieses atemberaubenden Moments nicht zu stören. Er folgte meinem Beispiel, und wir starrten einander an. Doch dann schloss sich die Lücke erneut, und wir küssten uns wieder, immer noch zärtlich und doch voller Leidenschaft. Ich zeichnete die Konturen seines Gesichts mit den Lippen nach, und er hielt meinen Hinterkopf umfasst, während er mich küsste. Seine leisen Seufzer unterstrichen jede innige Berührung unserer Lippen, sprachen von seiner Freude und Zufriedenheit.

Als wir uns voneinander lösten, lächelte er, und Wärme durchströmte mich.

„Du hast ja keine Ahnung, wie lange ich das schon tun wollte", murmelte er.

Ich grinste. „Dito."

„Und wo könnte ich dich besser küssen als in einer Welt, in der ein Kuss eine Ewigkeit dauern kann, wenn wir das wollten?" Er streichelte mein Gesicht. „Da ist kaum noch eine Spur des Jungen, dem ich vor all den Jahren begegnet bin." Seine Fingerspitzen folgten der Kontur meiner

Wange. „Ich habe dich zu einem sehr gutaussehenden Mann heranwachsen sehen.“

„Ich muss dich etwas fragen. Wann hast du gewusst–“

„Dass ich dich wollte?“

„Ja. Kannst du dich noch erinnern?“

Sein Lächeln erreichte seine Augen. „Dieser Teil war keine Lüge. Ich kann mich an alles erinnern. Du warst dreiunddreißig. Und ich bin in deine Wohnung in Philadelphia gekommen und habe festgestellt, dass du dort nicht allein warst.“ Er schluckte. „Da musste ich gleich zwei Dinge schmerzhaft erkennen. Ich wusste, dass ich dabei war, mich in dich zu verlieben – das wusste ich schon, seit du Ende zwanzig warst – und das wollte ich dir sagen. Zum ersten Mal fühlte ich mich zu jemandem hingezogen, und dann warst du in jemand anderen verliebt. Absolut schlechtes Timing.“ Er musterte mich forschend. „Was ist mit dir?“

„Da war dieses eine Mal, als ich dachte, dass du der heißeste Freund aller Zeiten wärst. Aber das habe ich auf das Fieber wegen meiner Grippe geschoben.“

Er schnappte gespielt empört nach Luft. „Moment mal… du hast wirklich gedacht, du wärst im Fieberwahn? Jetzt bin ich aber beleidigt.“

Ich verdrehte die Augen. „Erst als ich fünfunddreißig war, ist mir die Wahrheit ins Gesicht gesprungen.“

„Welche Wahrheit?“

Ich lächelte. „Dass alle Männer, die ich attraktiv fand, so aussahen wie du.“

Er hüstelte. „Ich glaube, du hast schon im College gewusst, dass du auf Typen wie mich stehst.“

Ich stemmte die Hände in die Hüften. „Willst du damit sagen, ich wäre mein gesamtes Erwachsenenleben lang insgeheim auf den Weihnachtsmann scharf gewesen?“

Jetzt war er es, der grinste. „Wenn der Schuh passt.“

„Willst du wissen, was ich denke?"

„Ich bin ganz Ohr."

„Ich denke, du musst mich noch mal küssen."

Seine Augen funkelten. „Da bin ich ganz deiner Meinung. Vergiss nicht, ich hab einiges aufzuholen." Als ich die Stirn runzelte, lächelte er. „Hey, das eben war schließlich mein erster Kuss."

Sein erster–

Mir fiel der Unterkiefer runter. „Du hast noch nie—"

„Nein."

„Dann hast du auch noch nie—"

„Nein." Er hielt meinen Blick fest. „Deshalb musst du Geduld mit mir haben und ganz langsam machen."

Mir stockte der Atem. „Dann ist es ja gut, dass wir an einem Ort sind, wo wir uns so viel Zeit nehmen können, wie wir wollen." Oh mein Gott, die Möglichkeiten…

Er biss sich auf die Lippe. „Ich dachte, du musst mich nochmal küssen?"

Mehr brauchte ich nicht, um ihn in die Arme zu nehmen. Wir drückten uns aneinander und küssten uns. Es waren lange, keusche Küsse, die etwas tief in mir nährten.

„Ich muss dir was beichten", murmelte ich an seinem Hals.

„Hmm?" Santa klang geradezu ekstatisch.

„Ich würde nur zu gern wissen, wie du ohne das Kostüm aussiehst."

Er wich zurück, und mein Herz schmerzte, als ich den Kummer in diesen betörend schönen Augen sah. „Ich fürchte, das wird bis zum nächsten Mal warten müssen."

Mir fuhr der Schreck in die Glieder. „Ich… ich muss gehen?"

Er nickte. „Hier steht zwar die Zeit still, aber in deiner Welt vergeht sie weiter."

Dann traf es mich wie ein Schlag. „Aber… *nächstes Mal*

ist erst in einem Jahr."

Erneut nickte er.

„Kannst du mich nicht mal besuchen, wenn nicht Weihnachten ist?"

Er schüttelte den Kopf. „Ich bekomme immer nur eine Nacht. Freilich, es ist ein irgendwie dehnbarer Weihnachtsabend, da er sich über alle Zeitzonen erstreckt, und ich kann ihn ausweiten, um alles unterzubringen, was ich tun muss. Aber bei Tagesanbruch am Weihnachtsmorgen, sobald mein Job erledigt ist, muss ich hierher zurückkehren."

Ich glaube, ich war noch nie so traurig. „Was spielt es dann für eine Rolle, dass hier die Zeit stillsteht? Ich bin von der Zeit in meiner Welt eingeschränkt."

Er legte mir eine Hand an die Wange. „Eins sollst du wissen. Das wird ein langes Jahr für dich, das ist mir klar, aber mir wird es noch länger vorkommen – und ich werde jede einzelne deiner 526.000 Minuten damit verbringen, darauf zu warten, dass ich dich wieder in den Armen halten kann."

Ich erstarrte. „2015 ist doch kein Schaltjahr, oder?"

„Nein, Gott sei Dank nicht. Das nächste ist 2016."

„Und wie komme ich zurück? Im Schlitten?"

Er nickte. „Das ist die einzige Möglichkeit, zwischen den Welten hin und her zu wechseln."

Ich lächelte. „Gut. Dann kann ich mich wenigstens von den Mädels verabschieden. Deine Rentiere mögen mich", prahlte ich.

„Das kommt daher, weil sie bisher gedacht haben, ich wäre das einzige andere Wesen in ihrer Welt. Niemand sonst kann sie sehen." Er verdrehte die Augen. „Mal abgesehen vom NORAD Luft – und Weltraumkommando der USA und seinem Santa Tracker. Und dann hast du sie begrüßt." Er streckte die Hand aus. „Komm, bevor es noch später wird."

„Nur, wenn du mich nochmal unter dem Mistelzweig küsst."

Er strahlte über das ganze Gesicht. „Das kann ich machen."

Als ich achtundvierzig war

2015

Das Licht verblasste allmählich, und der NORAD Santa Tracker hatte seinen Weg rund um den Erdball verfolgt.

Aber ich wusste es besser. NORAD konnte ihn nicht sehen.

Ich dachte an letzte Weihnachten zurück. Nachdem er mich verlassen hatte – mit einem letzten Abschiedskuss – hatte mich das schlechte Gewissen gepackt. Während der ganzen Zeit, die ich mit Santa in seinem Reich verbracht hatte, hatte ich kein einziges Mal an meine Eltern gedacht. Und doch... Merkwürdigerweise hatte der Schmerz nachgelassen, als ich wieder zu Hause war.

Vielleicht war die Zeit in dieser anderen Welt wirklich anders. Heilte die Seele dort schneller?

Es klingelte, und ich eilte zur Tür, wobei ich mich fragte, wer mich wohl um diese Uhrzeit an Heiligabend noch besuchen kam. Ben und seine Familie waren in Europa. Als ich die Tür aufmachte, stand der Postbote davor, die Arme voller Päckchen.

„Fröhliche Weihnachten", sagte er und überreichte sie mir.

Ich legte sie auf den Stuhl neben der Tür. „Ist es nicht ein bisschen spät für Lieferungen?"

Er schnaubte. „Keine Ahnung, was dieses Jahr los ist. Ich weiß nur, dass wir heute mehr Pakete auszuliefern hatten als je zuvor." Er zwinkerte mir zu. „Ich glaube, Santa

Claus streikt dieses Jahr. Aber Sie sind für heute meine letzte Anlaufstelle. Schöne Feiertage wünsche ich Ihnen. Ich geh jetzt nach Hause und breche zusammen." Und weg war er.

Ich machte die Tür zu. *Santa streikt?* Als ich ins Wohnzimmer kam, stand er neben dem Baum. Ich kniff die Augen zusammen.

„Was hast du getan?"

Seine Augenbrauen schossen in die Höhe. „Wie bitte?"

Ich schnappte übertrieben nach Luft. „Du hast deine Lieferungen an *USPS* vergeben, nicht? Und hast du das in jedem Land gemacht? Wie viele überarbeitete Postboten gehen heute Abend wegen dir hundemüde nach Hause?", witzelte ich.

Er riss die Augen weit auf. „Ich hab das nicht *überall* gemacht, nur in den USA. Oh, und in Europa auch."

„Kannst du deswegen Ärger kriegen?"

Er grinste. „Nein. Ich bin Santa Claus, schon vergessen? Und ich habe das getan, um uns mehr Zeit miteinander zu verschaffen. Um dich... zum Abendessen einladen zu können."

Dass er ein so süßes Motiv hatte, raubte mir für einen Moment den Atem.

Er lädt mich zu einem Date ein.

Ich fand meine Stimme wieder. „Die meisten Restaurants sind heute Abend entweder proppenvoll oder geschlossen."

Er räusperte sich. „Oh. Hab ich vergessen, zu erwähnen, dass ich das Kochen übernehme?"

Ich starrte ihn an. „Du kannst kochen?"

Er warf mir einen gequälten Blick zu. „Na ja, wenn *ich* mir nichts zu essen mache, wer sonst? Aber wenn du so weit bist, sollten wir jetzt gehen."

Ich musterte meine Jeans und meinen Pullover. „So kann

ich nicht auf ein Date gehen." Er hüstelte, und ich hob den Kopf. Santa grinste anzüglich. „Was ist dir gerade durch den Kopf gegangen?"

„Du könntest ja deinen Bademantel anziehen", sagte er mit Unschuldsmiene.

Ich schnappte erneut nach Luft. „Aber, aber, Santa Claus. Du willst nur einen Blick auf meinen Schwanz erhaschen."

Seine Wangen färbten sich rosa, er klappte den Mund auf und zu, und ich *wusste*, ich hatte den Nagel auf den Kopf getroffen.

„Bin gleich wieder da." Ich lief rasch in mein Schlafzimmer, um ihm das Erröten zu ersparen.

Santa mit rotem Kopf war *sowas* von niedlich.

Während ich den Inhalt meines Kleiderschranks begutachtete, versuchte ich, nicht daran zu denken… nun ja, ich versuchte, nicht an Sex mit Santa zu denken. Ich wusste, dass es dazu kommen würde, weil er gesagt hatte, wir müssten langsam machen. Aber ich wollte ihn zu nichts drängen. Das war viel zu wichtig.

Als ich wieder aus dem Schlafzimmer kam, trug ich einen dunkelgrauen Anzug, die lila Brokatweste, die ich zu Bens Hochzeit getragen hatte – Gott sei Dank passte sie noch – und ein ordentlich gefaltetes lila Seidentaschentuch in der Brusttasche meiner Jacke. Und ich dachte nur noch ganz entfernt daran, Santa ins Bett zu bekommen.

Ich hatte ein Date. Mit Santa.

Er starrte mich mit offenem Mund an. „Meine Güte."

„Zu viel?"

Er lächelte. „Nein. Du bist perfekt." Und mit einem Fingerschnippen standen wir neben dem Schlitten.

Ich drehte vor den Rentieren eine Pirouette. „Was meint ihr, Mädels?" Sie nickten mit den Köpfen und schnaubten.

„Ich glaube, ihnen gefällt dein Outfit", meinte Santa. Ich stieg neben ihm in den Schlitten, doch bevor ich mich hinsetzen konnte, legte er mir die Hand auf die Schulter. „Da fehlt noch was."

Meine Mom sagte immer, ich hätte es faustdick hinter den Ohren. Also war es vermutlich der Lausejunge in mir, der Santa sanft auf seinen Sitz drückte, auf seinen Schoß kletterte und ihm die Arme um den Hals legte. „Frohe Weihnachten", flüsterte ich und gab ihm dann einen langen, zärtlichen Kuss.

Als wir uns voneinander lösten, funkelten seine Augen. „Jetzt ist es das."

Ich schob meinen Teller weg. „Das war hervorragend." Ich hatte Truthahn erwartet, oder irgendeinen anderen Festtagsbraten, aber die Ente in Orangensauce mit Kartoffelgratin, Erbsen und zarten Julienne-Karotten war perfekt gewesen. Ebenso die Crème brûlée.

Aber nicht annähernd so perfekt wie der Mann, der mir gegenübersaß.

„Danke." Erneut kroch ihm die Röte in die Wangen. „Du glaubst nicht, wie lange ich gebraucht habe, um dieses Menü zusammenzustellen. Geschweige denn, um an die Zutaten zu kommen." Ich runzelte die Stirn, und er schmunzelte. „Was glaubst du, wo die Ente herkommt? Oder die Orangen für die Sauce? Hier gibt es keinen Supermarkt."

„Die Ente?"

Er nickte. „Es war wirklich schade, dass wir sie essen mussten."

„Sie?"

„Ihr Name war Rosanna. Sie war eine liebe Seele."

Zum ersten Mal in meinem Leben zog ich in Betracht, Vegetarier zu werden. Dann… „Moment mal." Ich verdrehte die Augen. „Das war doch eben aus *Ein Schweinchen namens Babe*, nicht?"

„Das Schwein habe ich geliebt." Seine Augen funkelten. „Entschuldige. Ich konnte nicht widerstehen. Alle Zutaten für dieses Essen habe ich mit Hilfe von Magie besorgt, mit Ausnahme von Obst und Gemüse."

„Was – kannst du das nicht herbeizaubern?"

„Nein, das ist alles aus eigenem Anbau. Ich zeige es dir irgendwann einmal." Er warf einen Blick zur Tür. „Ich muss sagen, ich habe ein unheimlich schlechtes Gewissen, weil ich andere heute Abend meine Arbeit tun lasse."

„Jetzt mach aber mal einen Punkt. Du hast *auf der ganzen Welt* Geschenke ausgeliefert, außer in den Staaten und in Europa. Du hast ja wohl kaum die Füße hochgelegt und den ganzen Tag faul rumgesessen, oder? Und selbst Santa hat das Recht, sich mal eine Nacht frei zu nehmen. Na ja, einen Teil der Nacht."

„Du bist gut für mich", sagte er lächelnd.

„Und denk an die ganzen Überstunden, für die diese Postboten bezahlt werden", fügte ich hinzu. „Du hast ihnen ein richtig gutes Weihnachten beschert."

„So habe ich das noch gar nicht gesehen." Er seufzte. „Die sollten an Weihnachten sowieso eine Sonderzulage bekommen. Denk an die ganzen Briefe, die sie sortieren müssen."

Ich lehnte mich zurück. „Diese ganzen Briefe an Santa Claus, adressiert an den Nordpol…die musst du doch nicht alle lesen, oder?"

Er starrte mich verwundert an. „*Selbstverständlich* lese ich die. *Und* ich mache mir Notizen auf jedem, den ich bekomme."

„Ernsthaft?"

Santa wischte sich mit seiner schneeweißen Serviette den Mund ab, schob seinen Stuhl zurück und gab mir einen Wink. „Komm mit."

Ich folgte ihm einen warm erleuchteten Flur entlang zu einer Holztür. „Mein Büro", sagte er, als er sie öffnete.

Ich trat ein und –

Moment. Moment mal.

Der Raum war riesig. Aktenschränke erstreckten sich in Reih und Glied, so weit das Auge reichte. Der Raum musste eine Meile lang sein. Zwei Meilen.

Ich konnte es nicht fassen.

„Wie… ich meine… aber…" Ich starrte ihn an. „Ich habe das Haus aus der Luft gesehen. Wie…?"

„Ich weiß", sagte er mit offensichtlichem Stolz. „Innen ist es größer."

Mir klappte der Unterkiefer herunter. „Oh mein Gott, ich bin in der Santa-Claus-Version der TARDIS aus *Doctor Who*, stimmt's?"

Er grinste. „Das ist eine meiner Lieblingssendungen."

„Du schaust Fernsehen?"

Er winkte ab. „DVDs sind mir lieber. Aber ich wollte schon immer mal mit ihm reden. Hab nie den Mut dazu aufgebracht."

„Reden… mit wem? Dr. Who?"

Santa nickte fröhlich. „Genau."

Jetzt war ich völlig geplättet.

„Aber… der ist doch erfunden. In Wirklichkeit gibt es ihn gar nicht. Es *gibt* keine Time Lords."

Santas Augen leuchteten. „Was bin ich dann, wenn nicht ein Time Lord?"

Ich erstarrte. Sammelte mich. Starrte ihn an. „Dann habe ich nicht nur ein Date mit Santa Claus, sondern auch mit einem Time Lord?"

Da lachte Santa, es war ein fröhliches, helles Lachen, das

durch den ganzen Raum hallte und mich mit Freude und Energie erfüllte. „Dein Gesicht", stieß er mühsam hervor.

Moooooment…

„Du hast *gelogen*? Es gibt ihn gar nicht?"

Er hielt sich den Bauch, das Gesicht vor Lachen verzerrt. „Tut mir leid. Ich konnte nicht widerstehen. Und du würdest mir meinen Scherz verzeihen, wenn du die Wahrheit wüsstest."

„Und die wäre?"

Er bekam sich wieder unter Kontrolle. „Ich habe noch nie jemanden auf den Arm genommen. Denn mit wem hätte ich das schon tun sollen? Es gab ja niemanden."

Seine Worte drangen mir ins Bewusstsein.

Wie einsam er gewesen sein muss.

Aber jetzt war er nicht mehr allein. Und ich hatte ein ganzes Leben voller weltlicher Freuden, die ich mit ihm teilen konnte.

Ich wusste *ganz genau*, worin seine erste Lektion bestehen würde.

Ich blickte mich um und stellte fest, dass es hier außer dem Schreibtisch und einem Stuhl keinerlei Möbel gab. „Wir brauchen eine Couch", murmelte ich.

Das hatte den gewünschten Effekt. „Eine Couch? Wofür?"

Ich zog die Augenbrauen hoch. „Besorg uns eine, dann zeige ich es dir."

Gleich darauf stand eine braune Ledercouch an der Wand.

Ich schüttelte den Kopf. „Größer."

Er blinzelte, und die Couch verschwand und wurde durch eine breitere Version mit tiefen Sitzen und üppigen Polstern ersetzt.

„Besser", sagte ich lächelnd. Ich schlenderte auf ihn zu und versetzte ihm einen sanften Schubs. „Zeit,

nachzusehen, was unter dem Kostüm steckt, Santa. Na
ja..." Ich richtete den Blick auf seine Leistengegend.
„Jedenfalls unter einem Teil davon."

„Meine Güte", krächzte er.

Ich sah ihm in die Augen. „Wenn ich lieber nicht
weitermachen soll, sag es bitte, dann höre ich sofort auf."

Für einen Moment starrte er mich schweigend an, dann
öffnete er mit zitternden Fingern die goldene
Gürtelschnalle.

Ich nahm das als Einverständnis.

„Darf ich?" Ich schob seine Hände weg, ließ den
Metalldorn aus dem Loch gleiten und nahm seinen Gürtel
ab. Langsam öffnete ich, einen nach dem anderen, die
goldenen Knöpfe seiner Jacke, schob die Vorderteile
auseinander und enthüllte–

„Du trägst da nichts drunter?"

„Normalerweise nicht. Die Jacke ist sehr weich. Sie fühlt
sich gut an auf meiner Haut."

Ich streichelte seinen Oberkörper und er erschauerte.
„Und jetzt weiß ich etwas, das niemand sonst auf der Welt
weiß."

„Was?"

„Santa hat ein Sixpack." Kein so ausgeprägtes wie die
Jungs in meinem Fitnessstudio, aber klar definierte,
geschmeidige Muskeln unter der Haut. „Ich versteh das
nicht. Wie konnte irgendjemand dich *fett* nennen?"

„Keine Ahnung, aber eins kann ich dir sagen. Als ich
zum ersten Mal davon gelesen hab?" Seine Augen
funkelten. „Eins meiner Zimmer war plötzlich ein
Fitnessraum."

„Und jetzt weiß ich auch, warum du dich zum Essen
nicht umgezogen hast."

Er blinzelte. „Denkst du etwa, ich hätte Hintergedanken
gehabt?"

Ich nickte. „Du hast das Kostüm nur deshalb anbehalten, damit ich es dir ausziehen kann." Dann gab ich ihm einen weiteren Schubs.

„Wenn du so weitermachst, falle ich noch", protestierte er.

„Das ist irgendwie der Sinn und Zweck der Sache", sagte ich lächelnd. „Achte nur darauf, dass du auf die Couch fällst." *Schubs.*

Er fiel um, und das Leder knarrte, als er auf das dicke Polster sank. Ich folgte ihm und brachte ihn dazu, sich zurückzulehnen, während ich seine nackte Brust streichelte. Sein Atem stockte. Ich schob einen Arm um seine Schultern, umfasste mit der anderen Hand seinen Nacken und küsste ihn auf die Wange, arbeitete mich weiter voran, bis unsere Lippen sich trafen. Er schloss die Augen und ich küsste ihn erneut, knabberte behutsam an seiner Unterlippe und erforschte seinen Mund mit meiner Zunge.

Sein Stöhnen war herrlich. Die erste zaghafte Berührung seiner Hand an meinem Knie ließ mein Herz höher schlagen, hämmern… Ich nahm seine Hand und führte sie zwischen meine Beine, und sein Atem beschleunigte sich. Ich drückte seine Hand an meine aufkeimende Erektion, schloss seine Finger um die dicker werdende Beule.

Sein Blick heftete sich auf mein Gesicht. „Oh."

„Und das ist alles für dich", flüsterte ich. „Es ist *deinetwegen.*"

Santa biss sich auf die Lippe. „Dein offensichtliches Verlangen nach mir ist ein wunderbares Geschenk, aber deine Worte auch." Er saugte an meiner Lippe und stöhnte erneut. Als er zurückwich, sah ich ihm in die Augen und streichelte seinen Nacken.

Sein erstaunter Gesichtsausdruck drohte meine Welt aus den Fugen geraten zu lassen.

Er stieß einen tiefempfundenen Seufzer aus. „Meine Güte. Wie du mich anschaust…"

„Wie denn?"

„Als ob… als wäre ich alles, was du dir je gewünscht hast."

Ich lächelte. „Weil du das bist." Ich küsste ihn auf den Hals. Seine Haut war warm, und derselbe würzige Duft stieg mir in die Nase. Seine Hand lag immer noch in meinem Schritt, daher fand ich es nur fair, den Spieß umzudrehen. Ich umfasste seinen Schwanz, und er erschauerte. Unter meinen Fingern rührte sich etwas.

Etwas ziemlich Großes.

Ich konnte nicht widerstehen. „Ich glaube, *ein* Päckchen muss Santa Claus heute Nacht doch noch abliefern."

Er stöhnte auf. „Bitte, keine Weihnachtsmann-Witze."

Ich zog ihn an mich, und wir küssten uns eng umschlungen. Doch jetzt wurden die Küsse inniger, gingen nahtlos ineinander über, bis wir beide stöhnten. Er streichelte meinen Schaft und ich ließ die Hände über seine Brust gleiten, spielte mit seinen Nippeln und entlockte ihm weitere Schauer und Seufzer. Meine Hand verirrte sich erneut in seine Leistengegend, wo sein Ständer gegen die schwarze Hose drückte.

Ich brauchte mehr.

Ich legte die Hand auf seinen straffen Bauch, schob die Fingerspitzen behutsam unter den Hosenbund und stieß auf–

Die nackte, glatte Haut seiner Eichel.

Als ich Santa ein Geschenk machte

„Unterhosen trägst du auch nicht?" Ich lachte leise. „Ich erfahre so viele neue Dinge über dich. Wer hätte das gedacht? Santa trägt keine Unterwäsche."

Er zog den Bauch ein, um mir mehr Zugriff zu gewähren.

„Ich habe eine bessere Idee." Ich musterte seinen Hosenschlitz. „Knöpfe? Hast du noch nie was von Reißverschlüssen gehört?"

„Darüber habe ich mir nie groß Gedanken gemacht", bekannte er. „Vielleicht sollte ich allmählich meine Kleidung modernisieren."

Ich grinste. „Ein leichter Zugriff hat einiges für sich." Ich knöpfte seine Hose auf, nur so weit, dass seine nach oben gerichtete Schwanzspitze zum Vorschein kam.

Er legte mit einem zittrigen Seufzer den Kopf in den Nacken. „Kann nicht glauben, dass das passiert", murmelte er.

„Aber du willst, dass es passiert."

Er hob ruckartig den Kopf und starrte mich an. „Mehr, als ich je mit Worten ausdrücken könnte."

Ich hielt den Blickkontakt aufrecht, als ich mit dem Daumen langsam über seine Eichel strich. Seine Pupillen weiteten sich, und sein Atem wurde schneller. Ich öffnete einen weiteren Knopf an seinem Hosenschlitz, legte ein wenig mehr von ihm frei, und rieb genüsslich weiter, während ich ihn küsste. Sein Schaft war hart wie Stahl, und als die ersten Lusttropfen meinen Daumen benetzten, schob ich die Zunge zwischen seine Lippen und erkundete seinen Mund.

Ich wollte ihn kosten.

Genauer gesagt, ich wollte wissen, wie sein Schwanz schmeckte.

Ich beendete den Kuss und widmete meine ganze Aufmerksamkeit seinem Schwanz. Er stand aufrecht, dick und schwer, und die klare Flüssigkeit am Schlitz war sehr verlockend. Ich wechselte die Position und beugte mich ganz, ganz langsam vor, bis meine Lippen die Eichel berührten.

Sein Keuchen, als ich ihn in den Mund nahm… Die Süße seiner Erregung…

Ich ließ seinen Schaft tiefer in meinen Mund gleiten und genoss das hörbare Stocken seines Atems. Er lehnte sich zurück und schloss die Augen. „Oh mein Gott. Das fühlt sich unglaublich an."

Ich gab ihn lange genug frei, um ihm zu sagen, dass ich noch nicht einmal richtig angefangen hatte.

Er riss die Augen auf und reckte den Hals, um mich anzustarren. „Dann überlebe ich das vielleicht nicht."

„Niemand ist je an einem Orgasmus gestorben. Jedenfalls glaube ich das nicht."

Seine Augen weiteten sich und sein Atem stockte. „Meine Güte."

Und da war unser Bestimmungsort, unser Ziel.

Ich würde Santa zum Höhepunkt bringen.

Ich rieb ihm mit einer Hand den Bauch. „Schließ die Augen. Konzentrier dich darauf, wie es sich anfühlt."

Er nickte und lehnte sich wieder zurück.

Ich nahm seine Eichel in den Mund, saugte einmal kräftig daran und schluckte ihn dann bis zum Ansatz. Er gab einen erstickten Laut von sich und wölbte den Rücken. Mein Kopf ging auf und ab, während ich ihn blies. Hin und wieder warf ich einen Blick auf sein

Gesicht. Seine Augen waren geschlossen und er atmete flach. Ich konzentrierte mich auf meine Aufgabe und genoss es, wie solide er sich in meinem Mund anfühlte.

Dann registrierte ich, dass er meinen Kopf streichelte.

Ich fand es herrlich. Davon hatte ich *geträumt*. Jeder leise Seufzer, der ihm entschlüpfte, steigerte nur mein Verlangen, ihm noch mehr Lust zu bereiten. Dieser selbstlose Mann hatte Millionen Freude gebracht, und es würde Zeit, dass er etwas zurückbekam.

Dieser selbstlose, *sexy* Mann, der seit über einem Jahrzehnt das Ziel meiner Wünsche war.

Ich richtete mich auf. „Lass uns mal ein bisschen Abwechslung reinbringen." Ich rutsche von der Couch, kniete mich vor ihn hin und packte seinen linken Stiefel am Knöchel. „Die müssen weg." Ich zog und zerrte, bis ich schließlich einen Fuß befreit hatte. Dann machte ich dasselbe mit dem anderen und streifte ihm dann die dicken Socken ab.

„Jetzt hoch mit dir." Ich stand auf und streckte ihm die Hand entgegen, um ihm auf die Füße zu helfen. Wir küssten uns, und ich spürte, wie warm seine nackte Brust war. Ich half ihm behutsam aus seiner Jacke und legte sie über die Armlehne der Couch. Dann kniete ich vor ihm nieder.

„Bitte, tu das nicht", platzte er heraus.

Ich erstarrte. „Ist irgendwas?"

„Ja. Du wirst dir die Hose ruinieren."

Ich lachte. „Ich glaube, die hält das aus." Ich deutete auf seine. „Aber du verlierst deine gleich." Ich zog sie ihm bis zu den Knöcheln herunter, und sein mächtiger Ständer schnellte hoch.

Ich kann nicht bestreiten, dass mir das Wasser im Mund zusammenlief.

„Was ist mit dir?", wollte er wissen.

Ich blinzelte. „Was soll mit mir sein?"

„Du bist… du machst hier anscheinend die ganze Arbeit. Was hast *du* davon?"

Ich riss meinen Blick von seinem Schwanz los und schaute zu ihm auf. „Du hast deine ganze Existenz damit verbracht, anderen Vergnügen und Freude zu bereiten. Es wird höchste Zeit, dass mal jemand das auch für dich tut."

Er öffnete den Mund, dann schloss er ihn wieder.

Ich half ihm aus der Hose, und dann stand er endlich nackt vor mir.

Nun ja, fast nackt. Er trug immer noch seine Mütze.

Ich machte Anstalten, sie ihm vom Kopf zu ziehen, doch er hinderte mich daran. „Lass mich." Er nahm sie ab und ließ sie auf den Boden fallen.

Ich heftete den Blick auf seine Glatze. „Oh wow." Dann fiel mir wieder ein, was er vor all den Jahren gesagt hatte. „Ich dachte, die Mütze drückt dir die Haare platt?" Er murmelte etwas vor sich hin, und ich umfasste sein Kinn und zwang ihn, mir in die Augen zu sehen. „Wiederhol das, bitte."

„Ich wollte nicht, dass du meine Glatze siehst."

Ich grinste. „Hab ich schon mal erwähnt, dass ich kahlköpfige Männer sehr sexy finde?"

Er blinzelte. „Wirklich?"

Ich nickte. „Du bist ein schöner Mann." Seine Brust war ähnlich wie meine mit einem graugesprenkelten, braunen Flaum bedeckt, der sich in einem Streifen bis zu seiner Leistengegend erstreckte. Ich vergrub das Gesicht in den Härchen auf seinem Bauch, rieb mich daran, küsste sie, genoss die Weichheit an meinen Wangen. Ich fasste nach seinen Nippeln, spielte mit ihnen und freute mich über die Schauer, die ihn überliefen.

Santa steht auf Nippelspielchen. Gut zu wissen, denn ich hatte nicht die Absicht, es bei diesem einen Mal zu belassen.

Ich streichelte ihn, ließ die Hände an seinen Seiten nach unten gleiten. Meine Fingerspitzen streiften das V, das mich weiter abwärts führte. Dann griff ich um ihn herum nach seinen Pobacken, drückte und streichelte seinen straffen Hintern und ignorierte seinen steifen Schwanz, aus dem immer noch Lusttropfen quollen.

„Bitte… Anthony…"

Ich blickte auf. „Ist was?"

Er starrte mich gespielt empört an. „Du machst dir einen Spaß daraus, mich zu reizen."

Ich umfasste seine Eier und schnippte mit der Zunge über seine Eichel. „So besser?" Ohne auf eine Antwort zu warten, leckte und küsste ich mich an seinem Schaft entlang und zog dabei sanft an seinem Hodensack. Dann packte ich seinen Hintern, drückte ihn an mich und küsste seinen Bauch, während ich mit seinen Eiern spielte.

„Oh. Das fühlt sich fantastisch an."

Ich sah zu ihm auf und grinste. „Wie gesagt, ich habe noch gar nicht richtig angefangen." Ich zog meine Weste aus und knöpfte mein Hemd auf, dann nahm ich ihn wieder in den Mund. Mein Kopf bewegte sich ruckartig auf und ab, ohne aus dem Takt zu kommen, während meine Hände damit beschäftigt waren, meine Hose aufzumachen und meinen Schwanz herauszuholen.

„Jetzt gibst du aber richtig an", stieß er schwer atmend hervor.

Ich hielt inne und lächelte ihn spitzbübisch an. „Schau mal, Santa, ohne Hände." Ich senkte den Kopf, nahm seine Eichel in den Mund und rieb meinen Schwanz, während ich an seinem lutschte, ihn tiefer in mich aufnahm. Er legte die Hände auf meinen Kopf und hielt mich fest, während er die ersten Stöße mit den Hüften machte. Sein Atem ging unregelmäßig, und Schauer überliefen ihn jetzt nahezu unaufhörlich.

Dann hörte er auf. „Wie fühlt es sich an?"

Ich hielt inne und blickte stirnrunzelnd auf.

Er umfasste meine Wange und sah mir in die Augen. „Wie fühlt es sich an, jemanden in sich zu haben?" Er wurde rot. „Ich kann dir gar nicht sagen, wie oft ich mich das schon gefragt habe."

Ich starrte ihn ungläubig an. „Aber... du bist der Weihnachtsmann. Du hättest dir ein paar Spielzeuge schenken können. Und glaub mir, es gibt ziemlich realistische Toys."

Er biss sich auf die Lippe. „Ich habe so viele ausgeliefert, aber nie daran gedacht, mal selbst eins zu benutzen."

„Dann lass es mich dir zeigen." Als er mich fragend ansah, lächelte ich. „Lass mich dir zeigen, wie es sich anfühlt."

Sein Atem beschleunigte sich. „Ich... ich weiß nicht, ob ich dafür bereit bin." Er verdrehte die Augen. „Hör sich das einer an. Da träume ich jahrhundertelang davon, mit einem Mann zusammen zu sein, und wenn ich endlich mal die Gelegenheit dazu habe, sperre ich mich gegen die Vorstellung."

„Hey", sagte ich leise und stand auf. „Du hast gesagt, dass du es langsam angehen willst. Dann tun wir das auch, in Ordnung?" Ich küsste ihn leicht auf die Lippen. „Außerdem hast du mich gebeten, sanft zu dir zu sein. Also musst du mir jetzt vertrauen." Ich schubste ihn spielerisch wieder auf die Couch. „Wie gelenkig bist du eigentlich, Santa?"

Seine Augen weiteten sich. „Ich habe keine Ahnung. Aber vermutlich werde ich das gleich herausfinden."

Ich schob mir die Hose über die Hüften und streifte sie ab. Mein Schwanz stand auch bereits stramm. „Jetzt sind wir beide nackt. Zufrieden?"

„Ich bin sehr für Gleichberechtigung." Er lächelte. „Und ich fand dich im Bademantel schon gutaussehend. Das ist kein Vergleich zu nackt." Er schluckte. „Schön ist gar kein Ausdruck."

Wärme durchflutete mich. „Lass mich dafür sorgen, dass du dich gut fühlst."

Ich packte sein Bein und hob es an, bis sein Fuß auf der Rückenlehne der Couch ruhte und er auf dem Rücken lag, den anderen Fuß auf dem Boden. Ich streichelte bedächtig seine Oberschenkel.

„Und da wären wir." Ich starrte auf seine enge Rosette.

Er schluckte erneut. „Du siehst mehr von mir, als *ich* je gesehen habe."

„Dann lass mich der Erste sein, der es dir sagt." Ich rieb mit einem Finger ganz langsam über seinen Anus. „Du hast ein hübsches Loch."

„Gibt es sowas überhaupt?"

Ich starrte ihn mit gespielter Empörung an. „Schönheit liegt im Auge des Betrachters, okay? Und ich sage dir, du hast ein schönes Loch." Ich blickte mich im Büro um. „Ein bisschen Gleitgel wäre jetzt gut."

Er blinzelte und erschauerte dann. Eine Flasche Gleitgel erschien auf dem Boden neben uns. Ich drückte mir etwas davon auf den Zeigefinger und drang dann langsam in ihn ein.

Er erschauerte heftig und warf den Kopf zurück. Seine Augen waren geschlossen. „Meine Güte. Bitte hör nicht auf."

„Ich tu dir nicht weh, oder?"

„Ein bisschen, aber es ist ein angenehmer Schmerz. Mach weiter."

Ich schob den Finger etwas weiter hinein, und seine Muskeln strafften sich und umschlossen ihn fest. Er war so warm da drin, so eng. Ich wartete eine Weile, bevor ich tiefer eindrang, und dann war ich ganz drin. Sein lustvolles Stöhnen ließ mein Herz höher schlagen. Ich bewegte den Finger langsam ein und aus und genoss es, wie sein Loch mich einsaugte.

„Gleich kommt's", sagte ich lächelnd und krümmte den Finger.

„Gleich kommt wa– oh mein *Gott*, was war das denn eben?" Er verdrehte die Augen und schmolz förmlich dahin.

„Santa Claus, darf ich vorstellen: deine Prostata."

Er starrte mich finster an. „Red nicht so viel. Mach das lieber nochmal."

„Dein Wunsch ist mir Befehl." Ich benetzte einen weiteren Finger mit Gleitgel, und dann waren zwei in ihm. Ich behielt das gemächliche, ruhige Tempo bei und beugte mich vor, um seinen Schwanz wieder in den Mund zu nehmen. Ich lutschte an ihm und fickte ihn gleichzeitig mit den Fingern, bis er so weit war, dass er einfach nicht mehr stillhalten konnte. Seine Hüften zuckten, und er stieß in meinen Mund und schob sich dann wieder zurück auf meine Finger. Er krallte sich haltsuchend an die Ledercouch, sein Bauch bebte, und er atmete schnell.

Ich stupste erneut gegen seine Prostata, und er erschauerte. „*Oh*, das fühlt sich…"

Ich machte es nochmal, und wieder, und wieder, bis sich seine inneren Muskeln um meine Finger strafften und ich wusste, dass wir am Ziel waren.

„Anthony… oh Gott… Anthony… ich glaube… Oh…"

Die Wärme, die in meinen Mund strömte, war keine Überraschung, und ich schluckte alles bis zum letzten Tropfen. Ich ließ meine Finger in ihm, ohne sie zu bewegen, und leckte seinen Schwanz sauber. Als er schließlich aufhörte zu zittern, zog ich meine Finger behutsam heraus und legte mich neben ihn auf die breite

Couch. Mein Schwanz war so hart, dass er wehtat.

„Ich glaube, jetzt bin ich an der Reihe, dir Vergnügen zu bereiten", sagte er atemlos. Er legte die Finger um meinen Schaft und rieb ihn drei oder vier Mal kräftig. Ich kam auf seinen Bauch, mein warmes Sperma ergoss sich über ihn. Er umfasste meinen Hinterkopf, zog mich an sich und küsste mich, während ich abspritzte.

Es war der süßeste Orgasmus aller Zeiten.

Danach lag ich in seinen Armen. „Ich kann's immer noch nicht fassen. Ich hab Santa Claus einen Orgasmus beschert."

„Ist es immer so?", murmelte er. „So... intensiv, so überwältigend." Ich reckte den Hals, um ihn anzusehen, und er küsste mich auf die Lippen. „Du hast mir gerade alles gegeben, wovon ich so lange geträumt hab. Und ja, es war fantastisch, aber das liegt daran, dass... ich es mit dir erlebt habe."

Er sprach mir aus dem Herzen.

„Und wir werden das wieder erleben – zusammen", versicherte ich.

„Zumindest weiß ich, dass ich bis nächsten Dezember nichts mehr kriege." Als ich ihn mit hochgezogenen Augenbrauen ansah, lächelte er. „Weihnachten kommt nur einmal im Jahr. So sagt man doch, oder?" Seine Augen funkelten amüsiert.

Ich stöhnte auf. „Hast du nicht gesagt: *Keine Weihnachtsmann-Witze?*"

Im Stillen gab ich ihm ein Versprechen. Nächstes Jahr würde ich ihn so oft zum Höhepunkt bringen, wie ich nur konnte.

Schließlich hatte er ziemlich viel nachzuholen.

Er fröstelte. „Ich weiß ja nicht, wie es dir geht, aber mir ist ein bisschen kalt." Wie aus dem Nichts hüllte uns eine warme Decke ein.

Ich seufzte zufrieden. „Daran könnte ich mich gewöhnen." Ich kuschelte mich an ihn und legte den Kopf auf seine Schulter. Wir waren beide schweißgebadet, und es fühlte sich großartig an.

„Mit Magie zu leben?"

„Ja."

Doch das war eine Lüge. In *Wirklichkeit* hatte ich gemeint, dass ich mich daran gewöhnen könnte, mit ihm zusammenzuleben.

Natürlich machte ich mir da etwas vor. Ich bekam eine Nacht im Jahr, und das würde reichen müssen.

„Danke." Er küsste mich.

„Wofür?"

„Dass du mein erstes Mal zu etwas Besonderem gemacht hast."

„Dazu gehören immer zwei, schon vergessen?"

„Ja, aber ich habe gar nichts getan."

„Aber das wirst du. Beim nächsten Mal", versicherte ich.

Er schaute betrübt drein. „Aber das nächste Mal ist erst in einem Jahr." Er seufzte. „Ich vermute, 2016 wird das längste Jahr aller Zeiten werden."

„Warum?"

Seine Arme umschlossen mich noch fester. „Die Zeit ist ein launisches Ding. Sie vergeht schneller, wenn du es nicht willst, und sie schleppt sich dahin, wenn du auf etwas wartest. Und ich werde darauf warten, dass ich dich das nächste Mal in den Armen halten… und das hier tun darf…"

„Ich auch", bekannte ich.

„Aber du brauchst nicht so lange zu warten." Santa warf mir einen ernsten Blick zu. „Du führst dein eigenes Leben. Und wenn du jemanden kennenlernst…"

Oh.

Ich streichelte den seidigen Bart. „Dann musst du eins

wissen." Ich sah ihm in die Augen. „Ich werde das mit niemand anderem machen. Okay?"

Er starrte mich erstaunt an. „Ich erwarte nicht von dir–"

Ich brachte ihn mit einem Kuss zum Schweigen. Dann wich ich zurück und hielt seinen Blick fest. „Für mich gibt es nur einen Mann, verstehst du?"

Ich hatte es nicht direkt gesagt, aber es gab nur einen Schluss, den er aus meinen Worten ziehen konnte. Er schaute mich schweigend an, und plötzlich glänzten Tränen in seinen Augen. Er wischte sie mit dem Handrücken weg.

„Dann hoffe ich, dass die nächsten dreihundertfünfundsechzig Tage wie im Flug vergehen."

Ich brauchte einen Moment, um zu begreifen.

Verdammt. Ein Schaltjahr.

„Der eine zusätzliche Tag wird uns nicht umbringen", flüsterte ich. Dann schloss ich die Augen und versuchte, nicht mehr daran zu denken, dass ich seine Welt und seine Arme verlassen musste.

Als ich neunundvierzig war

2016

Ben hörte sich unglücklich an, und das konnte ich ihm nicht verdenken. Er bat mich seit Monaten, ihn und seine Familie über die Feiertage zu besuchen, und jedes Mal hatte ich ihm eine Absage erteilt. Ich tigerte in meinem Wohnzimmer auf und ab und blieb hin und wieder stehen, um auf die Uhr zu schauen.

Er wird bald hier sein. Der Postbote war schon dagewesen, daher wusste ich, dass er sich Zeit für uns genommen hatte.

Bens Stimme unterbrach meine Gedanken. „Ich verstehe immer noch nicht, warum du nicht zu uns kommen willst. Warum willst du an Weihnachten allein sein?"

„Es geht nicht darum, dass ich allein sein will – ich habe nur… Verpflichtungen." Nun ja, eine Verpflichtung, um die meine Gedanken seit dem letzten Weihnachtsabend kreisten.

Und ich hatte Pläne gemacht.

„Über die Feiertage?"

„Komm schon. Ich habe euch vor zwei Monaten besucht." Ich hatte bereits ein schlechtes Gewissen. Ben brauchte nicht noch mehr Anrufe auf mein Haupt zu häufen.

„Na ja…" Er seufzte. „Dann muss ich wohl noch eine Weile warten. Ist ja nicht so, als hätten wir kein volles Haus. Laylas ganze Familie ist hier. Es ist nur… ich habe

"

jetzt nur noch dich. Die Zwillinge… sie fragen ständig, wann sie ihren Onkel Anthony mal wieder sehen."

Ich musste etwas tun, um ihn aufzumuntern. Es war schließlich Weihnachten, um Himmels willen. „Ich komme euch über Silvester besuchen."

Es gab eine Pause. „Wirklich?"

„Ja, klar. Ich habe sowieso noch Urlaubstage übrig. Ich nehm ja nie alle. Und ich wäre jetzt bei euch, aber… ich muss hier sein. Mehr kann ich dir nicht sagen."

Schweigen.

„Ben?"

„Oh mein Gott."

„Was? Was ist denn?" Mein Herz raste.

„Jetzt verstehe ich. Du hast jemanden kennengelernt." Ohne mich zu Wort kommen zu lassen, redete er weiter. „Wie heißt er? Wie lange geht das schon? Lerne ich ihn auch mal kennen?"

„Hey, immer langsam. Wie kommst du darauf, dass ich wieder jemanden habe?"

„Weil du so geheimnisvoll tust. Du kennst mich doch inzwischen, oder? Ich weiß, bei meinem Job denkst du vielleicht was anderes, aber es macht mir wirklich nichts aus, dass du auf Männer stehst. Gott, ich war so unglaublich froh, als du es uns endlich gesagt hast. Okay, Kris wäre nicht meine erste Wahl gewesen, und falls mir der Mistkerl je über den Weg läuft, brech' ich ihm sämtliche Knochen, weil er dir fremdgegangen ist."

Ich schnalzte missbilligend mit der Zunge. „Ich hoffe nur, dein Bischof oder wer auch immer dein Chef ist, hört dich nicht so reden."

„Sobald wir aufgelegt haben, bitte ich Gott um Vergebung. Er denkt wahrscheinlich genauso über diesen Mi– diesen *Mann*. Aber mir gefällt die Vorstellung nicht, dass du allein bist." Eine weitere Pause. „Du bist doch nicht allein, oder?"

Welche Ironie. Dasselbe hatte ich zu Santa gesagt.

Ich holte tief Luft. „Okay... ich bin nicht allein... Aber... es ist kompliziert, okay?"

„Gott sei Dank." Noch eine Pause. „Und? Mehr kriege ich nicht?"

Mehr konnte ich ihm nicht geben.

„Im Moment, ja. Aber ich verspreche, an Silvester bin ich da."

„Kannst du ihn mitbringen?"

Mein Herz wurde schwer. „Ich wünschte, ich könnte. Aber das ist nicht möglich."

„Das ist okay. Wenigstens kriege ich meinen großen Bruder zu sehen. Und mach dich lieber schon mal darauf gefasst, dass wir nächstes Jahr zu dir kommen. Müssen dir schließlich helfen, die große 50 zu feiern, stimmt's?"

Es kam mir vor, als hätte Santa erst gestern erwähnt, dass ich demnächst vierzig würde. *Wo sind all die Jahre geblieben? Und warum sind sie so furchtbar schnell vergangen?* Ich wollte mein halbes Jahrhundert nur auf eine Art feiern, aber das war leider nicht möglich. „Ja, klar. Darüber können wir reden, wenn wir uns sehen." Geräusche im Hintergrund sagten mir, dass unser Telefonat beendet war. „Ich sag dir Bescheid, wann mein Flieger landet, okay?" Darum würde ich mich nach Weihnachten kümmern.

„Layla und die Kids werden sich freuen, dass du kommst. Fröhliche Weihnachten, Bruderherz."

„Fröhliche Weihnachten, Kleiner." Ich räusperte mich. „Oh, und Ben? Kann ich mich jetzt schon entschuldigen?"

„Wofür?"

„Wenn Becca ihr Geschenk auspackt... sei mir nicht allzu böse, ja? Ich habe versucht, etwas zu finden, worüber sich eine Vierzehnjährige meiner Meinung nach freuen würde.“

„Oh mein Gott. Was hast du ihr geschickt?“

Ich lachte leise. „Das erfährst du dann morgen.“

Er knurrte. „Ich bete heute Nacht für dich, wenn ich die Christmette für die Truppe halte.“

Ich legte auf. Becca würde das Glitter-Tattoo-Set *lieben*. Und die Dinger hielten nur sieben bis zehn Tage.

Dann bemerkte ich, dass alle Geräusche verstummt waren. Ohne mich umzudrehen, lächelte ich. „Ich weiß, dass du da bist.“

„Ich wollte dich zu Ende telefonieren lassen. Ist alles in Ordnung?“

Ich wandte ihm das Gesicht zu. Er stand neben den Baum. Sein langer Umhang war immer noch genauso leuchtend rot, sein Bart vor dem weißen Pelzbesatz kaum zu erkennen. Sein Anblick wärmte meine Seele.

„Das war mein Bruder Ben. Ich will ihn und seine Familie an Silvester besuchen.“

Er runzelte die Stirn. „Warum bist du nicht über Weihnachten hingefahren? Ich hätte es verstanden. Familie ist wichtig.“

„Weil ich dann deinen Besuch verpasst hätte. Und wenn du bei ihnen zuhause aufgekreuzt wärst, wäre das ein bisschen schwierig zu erklären gewesen.“ Alles, was ich das ganze Jahr über empfunden hatte, die ganze Sehnsucht, der Kummer, die Vorfreude, wallte in mir auf. Er breitete die Arme aus und ich stürzte mich hinein. Unsere Lippen trafen sich, und wir gaben freudige Laute von uns, während wir uns engumschlungen küssten.

Ich konnte nicht genug von ihm bekommen.

„Ich habe dich so sehr vermisst“, murmelte er.

Es war schwer gewesen, ihn ein Jahr lang nicht zu sehen. Aber das Schlimmste daran war, dass ich nichts hatte, womit ich mich ablenken konnte. Nichts, was mich an ihn erinnerte. „Weißt du, was ich mir zu Weihnachten wünsche? Ein Foto von dir. Etwas, das ich mir anschauen kann, wenn du nicht hier bist." Etwas, womit ich reden konnte. Das ich anstarren konnte.

Wovon ich fantasieren konnte.

Er lächelte. „Das lässt sich machen." Er legte den Kopf schief. „Können wir los? Das Abendessen wartet auf uns."

Ich hatte zuerst noch andere Gelüste zu befriedigen.

„Kann es noch ein bisschen länger warten?" Ich küsste ihn, ganz bedächtig. „Ich will dich so sehr", flüsterte ich ihm ins Ohr.

Er fasste nach meiner Hand und zog sie zwischen seine Beine. „Nicht so sehr, wie ich dich will." Lieber Gott, er war so *hart*. „Kann dir gar nicht sagen, wie oft ich daran gedacht habe..." Er strich mit den Fingern über meinen steif werdenden Schwanz und sah mir in die Augen. „Dich in mir zu haben." Seine Stimme überschlug sich.

Ich hatte mich auch danach gesehnt, das zu fühlen.

Er schaute zur Decke und lachte.

Ich zog die Augenbrauen hoch. „Was ist jetzt so lustig?"

Er grinste. „Die Mädels können es nicht erwarten, dich zu sehen. Ich kann sie bis hierher vor Ungeduld mit den Hufen stampfen hören."

„Ich finde es schön, dass du sie *Mädels* nennst." Ich beugte mich vor und küsste ihn auf die Nasenspitze. „Zeit für eine Schlittenfahrt." Dann fiel mir etwas ein. „Einen Moment noch. Ich muss was mitnehmen."

Er stutzte. „Du brauchst keine... Hilfsmittel, falls es das ist, was du meinst. Nicht mit mir." Seine Augen funkelten. „Na ja, abgesehen von Gleitgel. *So* magisch bin ich dann auch wieder nicht."

Ich löste mich aus seiner Umarmung, schnappte mir mein Handy, das ich auf dem Couchtisch hatte liegen lassen, und blickte mich dann suchend im Zimmer um.

„Was suchst du denn?“

„Meinen Bluetooth-Lautsprecher. Ich möchte Musik laufen lassen, wenn wir bei dir sind.“ Ich hatte ein ganzes Jahr damit verbracht, die siebzig Lieder und Remixe auszusuchen, die auf meinem Handy gespeichert waren. Musik für über drei Stunden, und ich gedachte, jede Minute davon gut zu nutzen.

Er lachte leise. „Ich besorge dir einen.“ Er streckte mir die Hand entgegen. „Komm mit. Bei Tagesanbruch bringe ich dich wieder hierher zurück.“

Seine Worte waren Musik in meinen Ohren – und taten mir zugleich im Herzen weh.

Wir betraten sein Haus, er machte die Tür zu, und es war, als hätte jemand einen Schalter umgelegt. Im Handumdrehen hatte ich die Lücke zwischen uns geschlossen und konnte nicht aufhören, ihn zu berühren, ihn zu küssen, seine Hände an meiner Taille, auf meinem Hintern… Ich drückte ihn mit den Rücken gegen die Wand und hielt ihn mit meinem Körper dort fest.

„Hallo auch“, murmelte er zwischen Küssen.

Ich sah ihm in die Augen und legte eine Hand an seine Wange. „Ich habe dich vermisst. Ich habe deine Stimme vermisst, deine Berührung, dein Lachen… ich hatte fast vergessen, wie du dich anhörst.“

Er umfasste meinen Hinterkopf und antwortete mit einem glühenden Kuss, bei dem sich meine Zehen kringelten. „Weißt du, was ich letztes Jahr gemacht habe, nachdem ich dich nach Hause gebracht hatte und wieder hier war? Ich bin hier herumgelaufen und habe daran gedacht, wo du gestanden hast." Seine Augen funkelten. „Die Couch steht übrigens immer noch in meinem Büro. Ich habe öfter darauf gesessen, als ich zugeben möchte, und mir uns dort vorgestellt."

„Dieses Jahr ist *schrecklich* langsam vergangen." Eine weitere Runde inbrünstiger Küsse und Berührungen, die ich *nicht* enden lassen wollte. „Ist es möglich, eine ganze Jahresration Küsse einzuschieben, bevor wir essen?"

Er schmunzelte und vergrub dann das Gesicht an meinem Hals. Sein Bart streifte zart meine Haut. „Ich hatte auf mehr als nur Küsse gehofft."

Seine Worte klangen mir in den Ohren.

Ich wich zurück und sah ihn an. „Ich habe mein Versprechen nicht vergessen. Schön langsam, in Ordnung?"

„Und sanft. Vergiss sanft nicht."

Ich lächelte, beugte mich vor und küsste ihn auf die Lippen, ein inniger Kuss, der wenig dazu beitrug, die Hitze zu mildern, die mir durch die Adern strömte. „Wir könnten das Abendessen auslassen." Ich war mir noch nie so stark bewusst gewesen, dass die Zeit drängte – Zeit, die ihn mir wieder wegnehmen würde.

„Ja, das könnten wir", räumte er ein. „Aber dann würden wir uns einer neuen Erinnerung berauben. Einer Erinnerung, von der wir beide bis nächstes Jahr zehren können." Er umfasste mein Gesicht mit beiden Händen. „Ich weiß, Anthony. Wir haben nicht viel Zeit. Aber ich werde diese Zeit in die Länge ziehen, so gut ich kann, und wir werden jede Sekunde nutzen."

Ich küsste ihn. „Warum ziehst du dir nicht was… Bequemeres an? Du trägst diese Kluft doch sicher nicht rund um die Uhr, sieben Tage die Woche."

Er grinste. „Bin gleich wieder da."

Ich zog die Augenbrauen hoch. „Du schnippst nicht

einfach nur mit den Fingern?"

Santa lachte. „Ich habe auch einen Kleiderschrank, weißt du." Er gab mir einen letzten Kuss und ging hinaus.

Ich war hin- und hergerissen zwischen der Freude darüber, ihn wiederzusehen – und dem Bedauern, ihn nach einer gemeinsamen Nacht schon wieder zu verlieren.

„Wie sehe ich aus?"

Ich riss mich von einem neuen Selbstportrait los uns fand Santa in Jeans und einem bunten Pullover vor. Rentiere tanzten über seine Brust. Seine Glatze glänzte.

„Ein tolles Outfit." Ich biss mir auf die Lippe. „Du hast eine ganze Kollektion von Weihnachtspullovern, stimmt's?"

Er wurde rot, und das sagte mir alles, was ich wissen musste.

„Natürlich wirst du nicht lange angezogen bleiben", fügte ich hinzu und grinste. „Nackt zu essen soll ja total in sein, wie man hört."

Er schmunzelte. „Nicht in diesem Haus."

Ich deutete auf das Portrait. „Das ist neu." Er nickte. Ich musterte es erneut. „Vielleicht bilde ich mir das ja nur ein, aber du siehst ein bisschen traurig aus."

„Das war ich auch. Ich hatte den ganzen Tag an dich gedacht. Beim Malen hat sich dann wohl etwas von meiner Melancholie eingeschlichen."

Meine Brust wurde eng. „Ich möchte nicht, dass du traurig bist." Der Gedanke, dass er hier allein war… dass an mich dachte und mich nicht erreichen konnte, gefiel mir überhaupt nicht.

„Es war ungefähr einen Monat nach deinem Besuch – nach deinem Kalender, natürlich. Ich habe ein neues Gemälde angefangen, weil ich dachte, es würde mich von dir ablenken." Sein Lächeln reichte nicht bis zu den Augen. „Hat nicht funktioniert."

Eine Idee schoss mir durch den Kopf, und ich zögerte nicht. „Würdest du mich auch irgendwann mal malen?"

Er starrte mich an. „Als ob wir nicht schon genug in das bisschen Zeit reinquetschen müssten, das wir zusammen haben?" Er seufzte. „Tut mir leid. Das klang bitter. Also, bevor ich etwas sage, was ich hinterher bereue, ich würde dir gern etwas zeigen." Er führte mich durch das Haus zur Hintertür, und wir traten hinaus in den warmen Sonnenschein. Ich stand in einem Garten. Hier gab es reihenweise Beete, in denen üppiges Grün aus der dunklen Erde sprießte. Ich entdeckte Bäume, an denen Äpfel hingen, Kirschen, Birnen... Himbeerpflanzen rankten an dünnen Stäben empor, und weiter unten saßen dicke Kohlköpfe und Blumenkohl.

„Das ist ja fantastisch. Was baust du sonst noch an?"

„Es wäre einfacher, zu fragen, was ich nicht anbaue. Ich habe Karotten, Bohnen, Erbsen, Kartoffeln, Radieschen, Zwiebeln, Knoblauch..." Er stieß einen zufriedenen Seufzer aus. „Ich bin unheimlich gerne hier. Es beruhigt mich. Hier fühle ich mich wohl. Allerdings spielt dabei auch ein bisschen Magie mit. Meine Pflanzen tragen das ganze Jahr über Früchte. Wenn sie reif sind, bleiben sie das auch, bis ich sie ernte. Und dann pflanze ich neu an."

„Ich muss dir was beichten."

Er zog die Augenbrauen hoch. „Ach ja?"

„An dem Abend, als ich dich zum ersten Mal getroffen habe? Als du die Kekse gegessen hast? Ich... ich wusste nicht, dass du essen kannst. Ich dachte, du... zauberst Kekse und Milch einfach weg, damit die Menschen sich gut fühlen."

Er lachte. „Ich bin vielleicht ein magisches Wesen, aber selbst magische Wesen müssen essen."

Er hielt mir erneut die Hand hin. Ich nahm sie, und wir gingen wieder hinein.

„Ich finde es schön, dass du das machst", sagte ich, als er die Tür schloss und mich den Flur entlang führte. Er warf mir einen fragenden Blick zu. „Dass du meine Hand hältst."

„Hände sind dazu da, zu halten und gehalten zu werden", sagte er leise. Dann lächelte er. „Aber auch zum Berühren, zum Streicheln…" Er blieb vor einer Tür stehen, die in einem warmen Rotton gestrichen war. „Letztes Mal bin ich nicht dazu gekommen, dir das hier zu zeigen." Er stieß die Tür auf, und wir traten in einen hellen, luftigen Raum, dessen Mittelpunkt ein Bett war.

Ein sehr breites Bett.

Lieber Gott, die Bilder, die mir durch den Kopf gingen.

Ich zwang mir ein leises Lachen ab. „Brauchst du eins in dieser Größe? Du musst ja sehr unruhig schlafen." Diese Hitze von vorhin war wieder da und drängte mich, zu vergessen, dass ich mir Zeit lassen wollte. Dass wir beide nackt sein mussten, *auf der Stelle.*

„Das Bett ist neu. Ich habe es nur für uns angeschafft."

„Dann schläft Santa also auch?"

„Natürlich schlafe ich." Er sah mir in die Augen. „Sonst könnte ich ja nicht von dir träumen."

Meine Kehle wurde eng. „Ich träume auch von dir." Und ohne ein weiteres Wort hielten wir uns wieder in den Armen und küssten uns, und unsere Küsse wurden immer leidenschaftlicher, während wir Stück für Stück unsere Kleidung ablegten, bis wir beide nackt waren.

Das dumpfe Geräusch, mit dem meine Hose auf dem Parkettboden landete, erinnerte mich an etwas. Ich ließ ihn los, schnappte mir die Hose und fischte mein Handy aus der Tasche. „Was den Lautsprecher angeht…"

Er schnippte mit den Fingern, und ein blauer, zylinderförmiger Lautsprecher stand auf dem Nachttisch. Ich stellte die Verbindung her und drückte auf *Play*. Das erste der sanften Musikstücke, die ich gespeichert hatte, erfüllte den Raum.

Er lächelte. „Das ist perfekt."

Ich legte mein Handy neben den Lautsprecher. „Ich habe über drei Stunden Perfektion."

Er hüstelte. „Dann gibt es für uns wohl ein spätes Abendessen."

Ich rückte näher an ihn heran, bis sich unsere Körper berührten, bis seine warme Haut an meiner lag. „Ich brauche dieses Foto wirklich", sagte ich. Im vergangenen Jahr hatte ich versucht, mir sein Bild einzuprägen. Doch im Laufe der Zeit war die Erinnerung verblasst.

„Und du kriegst es. Ich ebenfalls." Er senkte den Blick. „Ist es okay, dass ich dich anschauen will?"

„Mehr als okay", murmelte ich. „Ich mach das ja auch." Seine Hände hingen herab, und ich fasste ihn am Handgelenk und hob seinen Arm, drückte seine Hand auf meine Brust. „Du darfst mich übrigens anfassen."

Langsam, ganz langsam, schlang er mir einen Arm um den Hals, und unsere Lippen verschmolzen, unsere Körper berührten sich von der Brust bis zum Unterleib. Ich legte die Arme um ihn, hielt ihn fest und spürte seinen harten Schwanz an meinem.

Endlich.

Wir waren wieder zusammen.

Er ließ seine Hand an meinem Körper entlang nach unten gleiten. Seine Fingerspitzen strichen mit einer Andacht über meinen Schwanz, die mein Herz höher schlagen ließ. „Ich habe mit dem Gedanken gespielt, mir

Töpfern als neues Hobby zuzulegen."

Ich blinzelte. „Okay, und wie bist du darauf gekommen?"

Seine Augen glänzten. „Ich wollte ein Modell von deinem Penis machen."

„Und wieso?"

Er zog die Augenbrauen hoch. „Damit ich ihn in Silikon gießen kann. Damit ich mich… an ihm erfreuen kann, wenn du nicht hier bist."

Ich starrte ihn an. „Jetzt weiß ich, was ich dir nächstes Jahr zu Weihnachten schenke." Er runzelte die Stirn, und ich grinste. „Ein Bastelset, mit dem man einen Penis klonen kann."

Er machte große Augen. „Das geht *wirklich*? Ich dachte, das wären Scherzartikel."

Ich lachte. „Wir zwei werden viel Spaß dabei haben, Spielzeug für dich auszusuchen."

Nur, dass dafür keine Zeit war, oder?

Er sah mir in die Augen. „Im Moment hätte ich lieber das Original." Er schob mich rückwärts vor sich her, bis meine Beine an die Bettkante stießen, und schubste mich auf die Matratze. „Darauf habe ich ein ganzes Jahr gewartet." Er kniete vor mir nieder, den Blick auf meinen Ständer geheftet.

Ich schaute nicht auf meinen Schwanz – ich sah nur sein Gesicht.

Als mir die Wahrheit klar wurde

Er strich mit den Fingerspitzen über meinen Schaft, erkundete ihn, ertastete seine Textur. „Was für ein hübscher Penis."

„Und er gehört ganz dir", flüsterte ich. Aus meinem Schwanz quollen bereits die ersten Lusttropfen. Mein Blick hing an seinem schönen Gesicht, seiner hochkonzentrierten Miene. Er fasste fester zu, ließ die Hand an meinem Schaft auf und ab gleiten, und ich stieß in seine Faust. Unsere Atmung beschleunigte sich. Er umfasste meine Eier mit der anderen Hand, streichelte sie, spielte mit ihnen, bis er schließlich mit dem Daumen über mein Perineum rieb.

Dann berührte er meine Öffnung, und mein Atem stockte.

Er lächelte. „Das hebe für ein anderes Mal auf." Er sah mir unverwandt in die Augen, während er sich Zentimeter um Zentimeter weiter vorbeugte, bis sein warmer Atem auf meine Eichel traf. Ohne den Blickkontakt zu unterbrechen, schnippte er mit der Zunge dagegen.

Ich konnte mich nicht erinnern, wann ich dieses herrliche Gefühl zum letzten Mal erlebt hatte.

Ich konnte nicht sagen, wie lange ich mich danach gesehnt hatte, seine Lippen an meinem Schwanz zu fühlen.

Er schloss die Augen, als würde er den Moment auskosten. Dann öffnete er sie wieder, richtete den Blick auf mein Gesicht und nahm meine Eichel in den Mund.

Endlich.

Ich erschauerte, als er sich zurückzog. „Mach das nochmal", bettelte ich. Die Musik wob ihren Zauber um uns und steigerte noch mein Verlangen nach ihm – mein Begehren.

Seine Finger streichelten meinen Schwanz mit festen Bewegungen. Er hielt inne, um den Schaft zu lecken, dann küsste er sich daran entlang bis zur Basis und fuhr dann mit der Zunge über die gesamte Länge bis zum Schlitz, wo er meine Lusttropfen aufleckte.

Ich streichelte seinen Kopf, und er blickte auf und sah mich an. „Ich könnte meine Tage damit verbringen, deinen Penis zu verwöhnen."

Ich lachte. „Und ich würde dich lassen. Solange ich deinen auch verwöhnen darf."

Doch wir beide wussten, dass das nie möglich sein würde. Es war nur eine Fantasie.

Er hielt inne. „Mehr?"

Ich erschauerte. „Bitte."

Er nahm mich in den Mund, und sein Kopf bewegte sich auf und ab, während er an meinem Schwanz lutschte. Meine Hand ruhte leicht auf seinem Hinterkopf. Ich wusste, dass er ein wenig zu weit gegangen war, als er würgte, und ich fasste ihn unter dem Kinn und hob es an.

„Du brauchst nicht so tief zu gehen."

Als er mich ansah, waren seine Augen und Lippen feucht und seine Wangen gerötet. „Aber… ich will es. Ich will dich vom Hocker reißen, so wie du es mit mir gemacht hast."

Ich atmete flach. „Das hast du schon mit deinem ersten Kuss geschafft."

Er warf sich in meine Arme, und wir küssten uns wieder, bekräftigten unsere Verbundenheit erneut und vertieften sie.

Vielleicht wurde es Zeit, sie noch mehr zu vertiefen.

Ich legte eine Hand an seine Wange. „Du hast meinen Schwanz bereit gemacht. Es wird Zeit, dass ich dasselbe mit deinem Loch mache."

„Aber ich will nicht aufhören", protestierte er.

„Musst du auch nicht." Ich rutschte weiter aufs Bett, bis ich auf dem Rücken lag. „Wenn du dich mit dem Rücken zu mir über mein Gesicht kniest, dann kannst du mir immer noch den Schwanz lutschen, aber dein Hintern ist genau da, wo ich ihn haben will."

Er biss sich auf die Lippe. „Das klingt kompliziert. Kannst du mir eine Skizze machen?" Wir lachten. Dann drehte er sich um und kroch rückwärts, bis er über mir kniete. „So?"

„Genau so. Spreizt du die Knie ein bisschen weiter?"

Er beugte sich vor und legte die Hand um meinen Schaft. „So?"

Ich erschauerte, als sein warmer, feuchter Mund meine Eichel umschloss. „Perfekt." Ich streichelte seine festen Pobacken. „Jetzt besteht die Kunst darin, weiter zu lutschen."

Er wandte sich erstaunt zu mir um. „Warum sollte ich aufhören wollen?"

Ich biss mir auf die Lippe. „Na ja, du wirst ein bisschen abgelenkt sein." Ich zog seine Pobacken auseinander, legte seine enge Rosette frei und leckte einmal darüber weg.

„Ein *bisschen* abgelenkt?" Ein Schauer überlief seinen ganzen Körper. „Das tut man wirklich? Männer *machen* das?"

„Hast du noch nie einen Porno geguckt? Weißt du überhaupt, was das ist?"

„Natürlich weiß ich das. Und nein, hab ich nicht."

„Warum denn nicht?" Ich rieb mit dem Daumen über seine Öffnung.

Er erschauerte wieder. „Ich dachte, wenn ich erst mal

anfange, höre ich vielleicht nicht mehr auf. Falls du das noch nicht gemerkt hast, ich habe einen ziemlich zwanghaften Charakter. Ich gebe immer hundert Prozent. Und ich wollte mir auf keinen Fall meine Zeit davon auffressen lassen, an einem Bildschirm zu kleben und anderen Männern bei etwas zuzuschauen, was ich selbst nicht genießen konnte."

Ich wusste, dass er recht hatte. Das wäre einer Folter gleichgekommen.

„Du bist ein weiser Mann. Und außerdem brauchst du jetzt keine Pornos mehr – du hast mich." Ich lächelte. „Willst du wirklich weiter darüber reden, oder sollen wir lieber die Theorie überspringen und direkt zum praktischen Teil übergehen?"

Er lachte leise, und im nächsten Moment lutschte er kräftig an meinem Schwanz.

„Oh Gott, du kannst das echt gut." Santa nahm mich tiefer in den Mund und stöhnte um meinen Schaft. Ein elektrisierendes Kribbeln durchfuhr mich.

So viel Talent erforderte eine angemessene Belohnung.

Ich spreizte seine Hinterbacken wieder, vergrub mein Gesicht in seiner Spalte und ließ mich von seinem berauschenden, männlichen Geruch erfüllen.

Was für ein wunderschöner Anblick.

„Wow. Santa hat einen haarigen Hintern – und ein haariges Loch."

Er erschauerte, als ich mit der Handkante durch seine Spalte fuhr, drehte den Kopf und starrte mich an. „Soll ich mich rasieren?"

„Weißt du noch, was du zu meinem Vorschlag gesagt hast, mir den Bart zu färben? Ich zitiere dich jetzt nämlich." Ich sah ihn finster an. „Untersteh dich."

„Gott sei Dank." Dann saugte und leckte er weiter an

meinem Schaft, bis *ich* derjenige war, der abgelenkt war. Ich dehnte sein Loch und machte mich mit der Zunge darüber her, leckte und erforschte.

„A-Anthony." Er zitterte.

Ich hielt inne. „Magst du das nicht?"

„Mögen ist gar kein Ausdruck."

Ich lächelte. „Dann mache ich etwas richtig." Ich schob die Zunge in sein Loch und fühlte, wie sich seine Muskeln mit jedem Stöhnen, das er von sich gab, mehr entspannten. Schon bald tat mir das Kiefergelenk weh, und er stöhnte pausenlos und konnte nicht stillhalten.

Er war bereit für Finger.

Ich lutschte an meinem Zeigefinger, machte ihn so nass wie möglich und drang damit in ihn ein.

„Oh, das fühlt sich so gut an wie letztes Jahr."

Ich lachte leise. „Das hier wird eine Steigerung gegenüber letztem Jahr." Ich fickte ihn mit dem Finger, bis er sich mir entgegen drängte und mehr verlangte.

„Anthony… mach schon", bettelte er.

„Was soll ich machen?" Ich krümmte den Finger über seiner Prostata, und er erschauerte heftig. „Oh, hast du das gemeint?" Ich tat es nochmal und nahm dann einen zweiten Finger hinzu, dehnte sein Loch, während er weiter an meinem Schwanz lutschte. Hin und wieder hielt er inne und schnappte nach Luft, wenn ich das Tempo steigerte. Sein Körper war wunderbar eng um meine Finger.

„Ich muss in dir sein", murmelte ich.

Im Nu hatte er sich umgedreht und kniete mit dem Gesicht zu mir neben mir auf dem Bett. Sein Schwanz erhob sich vor seinem Bauch, dick und lang. „Wie willst du mich haben?"

„Wenn du mich reitest, ist das am einfachsten für dich." Ich warf einen Blick auf das Bett. „Das heißt, sobald wir

Gleitgel haben." Die Flasche erschien neben meiner linken Hand. Ich strich meinen Schwanz mit Gleitgel ein und hielt ihn dann mit einer Hand ein wenig von meinem Körper weg. „Okay. Jetzt setzt du dich drauf. Mach so langsam, wie du willst. Ich bewege mich erst, wenn du mir grünes Licht gibst."

Er kniete sich rittlings über meine Hüften und ich brachte meinen Schwanz in Position. Als er nach hinten griff und die Kontrolle übernahm, rutschte er ein bisschen herum, und sein Atem kam in kurzen, abgehackten Stößen, bis die Spitze schließlich in ihm war.

Santa beugte den Kopf und stützte sich mit beiden Händen auf meine Brust. „Oh… meine Güte." Als er aufblickte, stolperte mein Herz beim Anblick seiner glitzernden Augen. „Endlich. Ich habe so lange gewartet."

„Ich weiß. Du hast Jahrhunderte gewartet", stieß ich mit zusammengebissenen Zähnen hervor und zwang mich dazu, reglos liegen zu bleiben.

Er hielt still, dann beugte er sich vor, bis unsere Lippen sich fast berührten. „Nein, du verstehst nicht. Ich habe so lange gewartet, das hier… mit dir zu teilen."

Und dann küsste er mich, bedächtig und zärtlich, ein Kuss, der uns vereinte, zusammenschweißte…
Uns eins werden ließ.

„Ich glaube nicht, dass ich noch länger stillhalten kann", flüsterte er. Sein Bauch bebte, und ich rieb ihn mit bedächtigen, kreisförmigen Bewegungen, eine Hand an seiner Hüfte. Wir atmeten im gleichen Rhythmus, als er sich auf meinen Schaft herabsenkte, sich Zeit ließ, bis ich schließlich ganz in ihm war. „Ich fühl mich so… voll."

Ich hielt den Blick fest auf sein Gesicht gerichtet. „Atme, Schatz."

Seine Pupillen weiteten sich, seine Brust hob und senkte sich, und sein verzückter Gesichtsausdruck ließ mein Herz schneller schlagen. „Und jetzt weiß ich… wie es sich anfühlt… so *lebendig* zu sein." Er beugte sich vor und küsste mich, und ich neigte die Hüften und bewegte mich mit ihm, um unsere Verbindung nicht abreißen zu lassen. Ich streichelte seinen Bart, seine Wange, und unser Atem vermischte sich, als wir uns küssten. Ich nahm jede noch so kleine Bewegung von ihm wahr, da sein Körper meinen Schwanz so eng umschloss, so warm…

Er sah mir tief in die Augen. „Ich bin *so* froh, dass ich gewartet habe."

„Worauf?"

Er küsste mich. „Das hier mit dir zu machen, und nicht mit einem Spielzeug. Weil das mit Sicherheit das tollste Gefühl im ganzen Universum ist." Dann schnippte er mit den Fingern, und die ganze Wand neben dem Bett wurde zu einem Spiegel. Er errötete. „Ich will uns zuschauen." Er legte die Hände flach auf meine Brust, rollte die Hüften und starrte mit offenem Mund auf unser Spiegelbild.

„Wir sehen gut aus, nicht wahr?"

Er nickte. „Wir fühlen uns auch gut an." Dann sah er mich an. „Kannst du es hinauszögern?"

„Ich würde es bis Tagesanbruch in die Länge ziehen, wenn ich könnte." Ich lächelte. „Oder zumindest, bis die Musik aufhört."

Seine Atmung beschleunigte sich. „Dann mach' Liebe mit mir, bis sie aufhört."

Für uns stand die Zeit still, während wir uns zusammen bewegten, gefangen in einem anmutigen, sinnlichen Rhythmus. Die Musik umgab uns, steigerte unsere Erregung und trieb uns auf das Ziel zu, das wir beide erreichen und möglichst lange hinauszögern wollten. Und irgendwann inmitten dieser wundersamen Verbundenheit wurde mir etwas klar.

Ich liebte ihn.

Ich *liebte* ihn, mit jeder Faser meines Seins.

Ich berührte seine Lippen mit den Fingern und schnappte nach Luft, als er sich vor und zurück wiegte und mein Schaft in seinen warmen Körper hinein und wieder heraus glitt. Kaum eine Minute verging, ohne dass wir innehielten, um uns zu küssen, uns in die Augen zu sehen, während er mich ritt. Und als er schneller wurde, schrie er immer öfter leise auf.

„Ich will nicht, dass es endet", rief er, wölbte den Rücken und rollte die Hüften.

„Das muss es, damit es das nächste Mal sogar noch besser sein kann." Meine Stimme hallte in seinem Schlafzimmer wider.

„Verspricht du's?"

Ich malte mit den Fingern ein Kreuz auf meine Brust. „Hoch und heilig."

Dann kam er und spritzte ab, bebte in meinen Armen unter den Schockwellen seines Höhepunkts. Ich drückte ihn an mich und küsste ihn, raunte ihm zu, dass ich ihn nie gehen lassen würde–

Obwohl ich wusste, dass ich das tun musste, wenn in meiner Welt der Tag anbrach.

Ich küsste ihn auf die Stirn. „Ich bin dran."

Er nickte und setzte sich auf. Mein Schwanz steckte immer noch in ihm, und ich stieß zu einmal, zweimal, dreimal, dann schrie ich auf, als mein Schaft in ihm pulsierte und ich mich in ihn ergoss.

Seine Augen weiteten sich. „Anthony. Ich *spüre* dich."

Ich brachte kein Wort heraus. Sein Anblick schnürte mir die Kehle zu, seine schweißglänzende Brust, die Schauer, die ihn überliefen. Ich streckte die Hand nach ihm aus, und er fiel nach vorn. Wir küssten uns lange und leidenschaftlich, und ich war genauso schweißgebadet wie er.

Dann hielt ich ihn in den Armen, und mein Atem kam rau und unregelmäßig.

Ich liebe dich.

Und ich würde es ihm nicht sagen. Wir lebten in verschiedenen Welten, die sich nur *in einer Nacht im Jahr* überschnitten. Wenn ich ihm sagte, was ich empfand, würden wir uns nur beide schlecht fühlen.

Wir lagen zusammen im Bett. Der Schweiß trocknete auf unserer Haut, und meine Pulsfrequenz normalisierte sich allmählich wieder. Sein Kopf ruhte auf meiner Brust.

„Ich höre deinem Herzschlag zu", murmelte er. „Ist es schräg, dass ich das aufnehmen möchte?"

Ich lachte leise. „Sehr schräg."

Er stützte sich auf den Ellbogen. „Ich meine, damit ich es mir nachts vorspielen kann. Dann schlafe ich vielleicht besser."

Ich sah ihn erstaunt an. „Hast du Schlafprobleme?"

„Manchmal. Meistens damit, durchzuschlafen. Ich wache auf, es ist dunkel – und ich greife nach dir."

Dieses Szenario kannte ich nur allzu gut.

„Dann lass uns einen Weg finden, meinen Herzschlag aufzunehmen. Solange ich deinen auch aufnehmen darf?"

Er lächelte. „Das gefällt mir." Dann rümpfte er die Nase.

„Ich glaube, wir brauchen eine Dusche", scherzte ich.

„Noch nicht." Aus dem Nichts erschien eine Sofortbildkamera. „Das wollte ich schon immer mal machen." Er legte sich wieder neben mich, hielt die Kamera hoch und machte Fotos von uns, während wir eng umschlungen dalagen. Nachdem er zehn aufgenommen hatte, hörte er auf, deponierte sie auf den Nachttisch und ließ die Kamera wieder verschwinden. „Reicht das als Erinnerung an diese Nacht?"

Ich küsste ihn. „Wie kommst du darauf, dass ich sie je vergessen könnte?" Sie würde sich in mein Gedächtnis einbrennen und für immer in meinem Herzen bleiben.

Die Nacht, in der ich erkannt hatte, dass ich Santa liebte.

Und auch die, in der ich mir die Wahrheit zum ersten Mal selbst eingestanden hatte.

Eine Nacht im Jahr würde nie genug sein.

„Ich weiß, dass *ich* sie nie vergessen werde." Er seufzte. „Wir sollten jetzt essen."

„Und danach?"

Er lächelte. „Wir könnten wieder ins Bett gehen, bis du fort musst." Er streichelte meine Wange. „Ich stelle den Wecker, für den Fall, dass wir einschlafen."

Mit ihm in meinen Armen zu schlafen, klang himmlisch. „Dann machen wir das."

In den Jahren, seit Kris mir das Herz gebrochen hatte, hatte ich mich erholt. So weit, dass ich vergessen hatte, wie weh Liebe tun konnte. Denn ich liebte Santa, und mein Herz brach, weil ich ihn nicht halten konnte.

Als ich fünfzig war

2017

Wir hatten zu Abend gegessen und saßen in seinem Wohnzimmer. Ich schaute mir seine Gemälde an, aber meine Gedanken waren woanders – oder genauer gesagt, bei unserer Ankunft hier vor ein paar Stunden.

Vom ersten Moment an war dieser Abend eine Wiederholung des vorigen Weihnachtsabends gewesen. Kaum waren wir durch die Tür, hatte er mich schon zu seinem Schlafzimmer gezogen, und ich hatte ihn gelassen und war bereits nackt gewesen, bevor wir das Bett erreicht hatten.

„Hab dich vermisst", hatte er atemlos hervorgestoßen, als wir aufs Bett gefallen waren und uns aneinandergeschmiegt hatten, meine Lippen auf seinem Gesicht, seinem Hals, seiner Brust…

„Nicht reden – küssen."

Wir hatten ein ganzes Jahr nachzuholen.

Und dann müssen wir wieder ein Jahr warten. Und noch eins. Und noch eins.

Würde so meine Zukunft aussehen – eine endlose Abfolge von Jahren voll unerfüllter Sehnsucht nach ihm, unterbrochen von kurzen, gestohlenen Momenten der Freude?

„Woran denkst du?"

Ich zuckte zusammen. Er stand neben mir und hielt mir eine Champagnerflöte hin. „Gibt es einen besonderen Anlass?", fragte ich, als ich ihm das Glas abnahm.

„Jede Minute, die ich mit dir verbringen darf, ist ein besonderer Anlass." In seinen Worten lag keine Spur von Humor oder Koketterie. Und so, wie er mir in die Augen sah, würde das Bett wahrscheinlich nochmal zum Einsatz kommen, bevor die Nacht vorüber war. „Ich wollte dir nur nachträglich alles Gute zum Geburtstag wünschen." Wir stießen miteinander an. „Ich hoffe, es war ein schöner Tag."

„Das war es", räumte ich ein. „Ben und die Familie waren für eine Woche zu Besuch und sind dann nach Disneyland weitergefahren." Ben und Layla hatten den Zwillingen einen Besuch dort versprochen, seit sie alt genug gewesen waren, um zu fragen, ob sie hingehen könnten.

Aber etwas hatte gefehlt, um meinen Geburtstag vollkommen zu machen. Jemand, um genau zu sein, und er stand jetzt neben mir.

Besser spät als nie, nicht wahr?

„Jetzt sag mir, was du auf dem Herzen hast. Du warst anscheinend ganz weit weg."

Ich nippte an meinem Champagner. „Ich habe mir deine Bilder angesehen." Die Wand, vor der ich stand, war vor lauter Bildern kaum mehr zu sehen. „Die sind wirklich gut." Es war nicht schwer, die Unterschiede zwischen seinen früheren Versuchen – sie waren zwar nicht datiert, aber das war gar nicht nötig – und seinen neuesten Werken zu erkennen. Die Pinselführung war präziser, die Farbgebung differenzierter.

„Danke. Wie ich bereits sagte, ich arbeite schon lange daran."

Er hatte die Motive um sein Haus herum perfekt eingefangen. Atemberaubende Landschaftsbilder zeigten die schneebedeckten Berge, die sanften grünen Hügel, den türkisfarbenen Ozean…

„Wieviel von dieser Landschaft hast du erkundet?“, fragte ich.

„Nicht so viel, wie ich gerne möchte.“

„Warum nicht?“

Er seufzte. „Es ist schwer zu erklären, aber… Wenn ich da draußen bin, durch die Berge oder am Ozean entlang wandere, kommt mir das alles… Es kommt mir zu groß vor für mich allein.“

„Wie wäre es, wenn wir es zusammen erkunden würden?“

Sein Atem stockte. „Das wäre wunderbar.“

„Dann machen wir das irgendwann.“

Für einen Moment wurde er ganz still, und dann räusperte er sich. „Also… ich wollte dich eigentlich etwas fragen.“

Als er wieder verstummte, sah ich ihn an. „Und? Frag mich, was du willst. Ich habe keine Geheimnisse vor dir.“

Nur stimmte das nicht ganz, nicht wahr? Ich hatte ein großes Geheimnis. Eins, das ich nie zu lüften gedachte.

„Erinnerst du dich an letztes Jahr? Wir haben über meine Malerei gesprochen, und du hast gefragt…“

Oh. Jetzt fiel es mir wieder ein. „Ich hab dich gefragt, ob du mich vielleicht mal malen würdest.“

„Es ist nur… ich hatte noch nie jemanden hier, um mir Modell zu stehen.“ Er unterdrückte ein Lächeln. „Nun ja, ich hatte überhaupt noch nie jemanden hier, abgesehen von dir.“

Ich legte den Kopf schief. „Bist du sicher, dass wir das tun sollen? Ich meine, ich weiß nicht, wie schnell du malen kannst. Aber selbst, wenn du arbeitest wie der Wind, glaube ich nicht, dass du es fertig haben wirst, bevor ich…“

Bevor ich gehen muss.

Sein Gesicht leuchtete auf. „Ja, ich bin sicher. Bitte, sag, dass du es machst." Er musterte mich. „Es sei denn, du hältst es für Zeitverschwendung, stillzusitzen, während ich dich auf die Leinwand banne?"

Ich grinste. „Wenn du das nicht tust, landen wir für den Rest der Nacht im Bett. Nicht, dass daran irgendwas verkehrt wäre. Aber da wir bereits ein bisschen was nachgeholt haben…" Ich rückte näher, bis unsere Körper sich beinahe berührten. „Außerdem hattest du recht. Wir müssen neue Erinnerungen schaffen." Ich küsste ihn und trat dann zurück. „Also… wie willst du mich?"

Seine Lippen zuckten. „Muss ich darauf antworten?"

Da fiel bei mir der Groschen. „Oh. Verstehe. Es soll ein Akt werden, stimmt's?"

„Hättest du was dagegen? Ich habe noch nie einen gemalt, und außer mir bekommt ihn nie jemand zu sehen."

Natürlich hatte ich nichts dagegen. „Nein, das ist schon okay. Aber nur unter einer Bedingung."

Er stutzte. „Oh?"

„Wenn ich nackt sein soll, dann du auch." Ich grinste.

Er zog die Augenbrauen hoch. „Du willst, dass wir *beide* nackt sind, wenn ich dich male?"

Ich nickte.

Er zuckte die Achseln. „Na ja, das wird mal eine ganz neue Erfahrung."

„Sieh es lieber als Gelegenheit, deinen Pinsel mal auf eine ganz neue Art und Weise einzusetzen", neckte ich. Dabei dachte ich eher daran, was wir alles anstellen konnten, wenn er eine Pause machte. Bei der Vorstellung bekam ich einen Ständer.

Tja, *etwas* Gutes musste doch an der Sache sein, oder?

Seine Augen funkelten. „Wenn das so ist, habe ich auch eine Bedingung."

Plötzlich hatte ich ein ungutes Gefühl. „Okay", sagte ich

vorsichtig.

Er strahlte. „Ich male dich, aber ich rühre dich nicht an."

Was zum–

„Wieso das denn? Das ist doch wohl der Sinn dabei, wenn man einem Künstler Modell steht? Man darf mit dem Künstler rummachen? Ist das nicht eine altehrwürdige Tradition?"

Er schmunzelte. „Das kann schon sein, jedenfalls in deiner Welt, aber hier? Heute? Nein. Anfassen ist nicht – bis ich das Bild fertig habe."

Ich schnappte nach Luft. „Bitte, sag mir, dass du schnell malen kannst."

Er grinste. „Meine Güte, nein. Ich bin sogar extrem langsam. Schließlich steht hier die Zeit still, also kann ich mir so viel davon nehmen, wie ich will, nicht wahr?"

Ich bereute allmählich, zugestimmt zu haben, aber ich wollte auch keinen Rückzieher machen. „Okay, hast du einen bestimmten Raum, wo du malst, oder machen wir's gleich hier?" Ich sah mich schon auf dem Teppich vor dem Kamin posieren. Wenigstens würde ich es dann warm haben.

Er rieb sich das bärtige Kinn. „Ich wollte dich *eigentlich* bitten, auf meinem Bett zu posieren. So kann ich mir dich immer dort vorstellen, wenn wir nicht zusammen sind."

Die Idee gefiel mir ausnehmend gut. Das war sogar noch besser als die Polaroids vom letzten Jahr, die am Kopfteil meines Bettes steckten. Ich betrachtete sie jeden Abend, bevor ich das Licht ausknipste.

„Dann also im Schlafzimmer."

Wir gingen in sein Schlafzimmer, und ich zog mich aus. Er verschwand für einen Moment und kam dann mit Farben, Staffelei und einer leeren Leinwand zurück.

Ich starrte sie an. „Das wird ja fast lebensgroß."

Er lachte leise. „Ich brauche eine so große Leinwand, um

sicherzugehen, dass ich genug Platz für deinen Penis habe."

Ich brach in Gelächter aus. „Schön wär's. Aber du sagst wirklich die nettesten Sachen." Ich breitete die Arme aus. „Also… wie willst du mich?" Mein Schwanz stand wie eine Eins, und ich warf ihm einen Blick zu. „Und *du* kannst wieder schlafen gehen. Er will nicht mit dir spielen."

„Leg dich aufs Bett", wies Santa mich an. „Ja, auf den Rücken. Ein Knie gebeugt, den Fuß auf der Matratze, die Beine gespreizt."

Ich befolgte seine Anweisungen, wobei mir bewusst war, dass mein Schwanz in die Luft ragte.

Er lachte. „Ich seh schon, ich brauche mehr Hautton." Er legte den Kopf schief. „Ist dir warm genug?" Ich versicherte ihm, dass es so war. „Dann fangen wir mal an."

Ich hustete. „Hast du nicht was vergessen?"

Für einen Moment sah er mich nur an, dann weiteten sich seine Augen. „Ups." Er zog sich aus und ließ sich Zeit damit.

„Dabei fällt mir ein, dass du deine Klamotten mit einem Fingerschnippen loswerden könntest", meinte ich.

Er grinste. „Dann macht es aber keinen Spaß."

Ich warf einen Blick auf seinen Schwanz, der in meine Richtung zeigte. „Wenigstens hast du jetzt etwas, wo du deinen Putzlappen aufhängen kannst. Oder einen Pinsel balancieren, falls dir danach ist."

„Ich bin nackt, weil du das verlangt hast, okay? Und jetzt werde ich das ausblenden und mich darauf konzentrieren, dich zu malen." Sein Blick wanderte weiter nach unten und seine Lippen zuckten. „Ich schlage vor, du tust das auch."

„Hey, gib nicht mir die Schuld. Er hat seinen eigenen

Kopf."

Santas Augenbrauen schnellten nach oben. „*Er*? Soso."

Ich sah ihn freimütig an. „Willst du mir etwa weismachen, dass du deinen Schwanz nicht als *er* bezeichnest?" Ich grinste. „Ich wette, das tust du. Ich würde sogar wetten, dass du ihm einen Namen gegeben hast." Dann prustete ich. „Und ich weiß auch welchen."

„Ich habe *keinen* Namen für meinen Penis", protestierte er.

Ich drohte ihm mit dem Finger. „Och, komm schon, du kannst es ruhig zugeben. Wir sind ja unter uns." Ich lächelte selbstsicher. „Er heißt Rudolph, nicht wahr?"

Er machte den Mund auf und wieder zu, und seine Wangen färbten sich rosa. „Okay, Zeit zum Malen", sagte er mit erstickter Stimme.

Ich lachte geschlagene fünf Minuten lang.

Wir gingen ans Werk, und erstaunlicherweise vergaß ich tatsächlich, dass wir beide nackt waren. Wir unterhielten uns, während er skizzierte und pinselte, und ich muss sagen, ich war in Gegenwart einer anderen Person noch nie so entspannt. Zusammen mit unserer Kleidung hatten wir auch unsere Alltagssorgen abgelegt. Es war, als würden wir uns schon ewig kennen, und dabei belief sich unsere gemeinsam verbrachte Zeit insgesamt nur auf etwas über fünf Wochen.

Aber wir haben so viel von uns in jedes Wiedersehen investiert. Kein Wunder, dass es mir wie Jahre vorkommt.

Und doch war mir die ganze Zeit bewusst, dass in meiner eigenen Welt die Zeit verging. Ich wusste, irgendwann würde ich wieder gehen müssen.

Ich wollte nicht gehen, aber so durfte ich nicht denken. Ich durfte nicht zulassen, dass sich das Bewusstsein meiner zerbrechlichen menschlichen Existenz in diese Welt drängte und mir die Zeit mit ihm verdarb.

Ich war fünfzig Jahre alt, um Himmels willen. Wer weiß, wie viele *weitere* Begegnungen uns noch vergönnt sein würden?

Ich heftete den Blick auf ihn, auf das Gesicht, das mir so ans Herz gewachsen war – das Gesicht des Mannes, den ich liebte.

„Darf ich dich was fragen?"

Er hielt mitten in der Bewegung inne, den Pinsel erhoben. „Du kannst mich alles fragen."

„Du hast zwar gesagt, du hättest schon immer so ausgesehen, dass du in diesem Alter erschaffen worden bist. Aber das ist doch bestimmt schon sehr, sehr lange her. Fühlst du dich…" Ich wusste nicht, wie ich den Satz zu Ende bringen sollte.

Er legte seinen Pinsel weg. „Willst du wissen, ob ich mich alt fühle?" Ich nickte. Er kam hinter der Staffelei hervor und setzte sich aufs Bett. „Ja, ich habe schon immer so ausgesehen, aber ich fühle mich nicht alt. So vielen Menschen Freude zu bereiten…" Ein Lächeln erhellte sein Gesicht. „Das ist ein Energieschub. Dadurch fühle ich mich lebendig. Aber… ich sehe natürlich oft Männer, die mir ähneln. Sie scheinen unter diversen Zipperlein zu leiden… aber bei mir ist das nicht so." Er legte eine Hand auf sein Herz. „Mir tut es nur hier weh. Und jede Sekunde, die ich mit dir verbringe, lindert diesen Schmerz."

Die Aufrichtigkeit in seiner Stimme war unverkennbar.

Ich hatte Mühe, meine Emotionen in Worte zu fassen. „Das ist wohl das Süßeste, was du je zu mir gesagt hast." Umso süßer, weil es widerspiegelte, was ich selbst empfand.

Er lächelte. „Ich habe auch keine Geheimnisse vor dir. Ich sehe keinen großen Nutzen darin, meine Gefühle zu verbergen." Er hielt inne. „Und da wir gerade von Gefühlen reden…" Er stand auf und ging um die Staffelei herum, als wollte er sich hinter der Leinwand verstecken. „Er schien ein netter Kerl zu sein."

Ich runzelte die Stirn. „Wer?" Ich hatte ein Schleudertrauma von dem abrupten Themenwechsel.

„Der Mann, mit dem du im Café geredet hast. Vor ungefähr… oh, ich weiß nicht… drei Monaten oder so?"

Ich kramte in meinem Gedächtnis. Café? Dann erinnerte ich mich. „Moment mal. Großer Typ, buschiger grauer Bart, Jacke mit Lederflicken an den Ellbogen?"

„Ja, das war er. Er schien sehr an dir interessiert zu sein."

Ich versuchte, nicht zu lachen. „Oh, das ist er. Er fragt immer nach mir. Er würde sogar alles tun, um mich glücklich zu machen."

„Verstehe."

Ich konnte ihn keine Sekunde länger auf den Arm nehmen. „Komm bitte da hinten raus." Als er sich nicht rührte, seufzte ich. „Ich weiß, dass du mich im Moment nicht malst."

„Woher willst du das wissen?"

„Weil ich nicht posiere. Jetzt komm her. Bitte."

Er trat hinter der Leinwand hervor und kam langsam auf mich zu. Ich klopfte neben mir auf das Bett, und er setzte sich. Ich legte den Arm um ihn.

„Was habe ich vorletztes Jahr zu dir gesagt? Und sag nicht, dass du dich nicht erinnern kannst. Du weißt nämlich so gut wie ich, dass das eine Lüge ist."

„Meinst du vielleicht… dass es nur einen Mann für dich gibt?"

Ich nickte. „Und wer ist dieser Mann?"

Er seufzte. „Ich."

„Du. Außerdem habe ich gesagt, dass ich das, was *wir* gemacht haben, mit niemand anderem tun würde. Tja, und schon gar nicht mit Rex – meinem Boss." Ich sah zu, wie ihm die Information ins Bewusstsein drang.

„Der Typ mit den Lederflicken… das ist dein Boss?"

Ich nickte erneut. „Und er ist zwar ein sehr netter Kerl, aber er ist auch stockhetero, glücklich verheiratet und würde Lucy niemals betrügen, nicht mal, wenn man ihm mit Folter drohen würde." Ich umfasste sein Kinn und zwang ihn, mir in die Augen zu sehen. „Du hast keinen Grund, eifersüchtig zu sein. Es gibt nur dich. Es wird *immer* nur dich geben. Okay?"

Ich war noch nie so nah dran gewesen, ihm zu gestehen, dass ich ihn liebte.

„Okay." Er atmete zittrig aus. „Tut mir leid. Ich habe nur zufällig gerade nach dir gesehen, und er war da, und–"

„Oha, nicht so schnell. Wie war das eben?" Ich lehnte mich zurück und stützte mich mit den Armen ab. „Du hast mal gesagt, du hättest das *Gefühl* gehabt, dass irgendwas in meinem Leben nicht stimmt. Mich mit meinem Boss beim Kaffeetrinken zu sehen ist sehr viel konkreter als ein *Gefühl*. Für mich klingt das, als hättest du uns beobachtet. Also… wie funktioniert das?"

Er schluckte. „Vielleicht habe ich ja *doch* ein Geheimnis, das ich nicht gelüftet habe, aber das hängt damit zusammen, wie ich meinen Job erledige, okay? Und ich *werde* es dir verraten, aber… nicht heute."

„Weil uns die Zeit davonläuft?", mutmaßte ich.

Er nickte und deutete dann auf die Leinwand. „Und jetzt… möchtest du sehen, wie weit ich gekommen bin?"

Ich verstand. Themawechsel. „Ist es fertig?"

„Nein, noch nicht. Wir müssen nächstes Jahr weitermachen."

Der Schmerz in meinem Herzen war wieder da. „Dann lass mal sehen." Ich setzte mich auf. Santa ging zur Staffelei und drehte sie um. Selbst in dieser frühen Phase sah ich bereits, dass es fantastisch werden würde. Er hatte meinen Körper nur grob angedeutet und sich hauptsächlich auf mein Gesicht konzentriert. Betroffen stellte ich fest, wie wehmütig ich dreinschaute.

Ich wusste genau, woran ich in diesem Moment gedacht hatte. Daran, dass ich ihn jetzt ein weiteres Jahr lang nicht sehen würde. Und wenn *ich* daran gedacht hatte, dann hatte er das bestimmt auch getan.

Dann begriff ich, was jetzt kam. „Zeigst du mir das Bild, weil ich gehen muss?"

Nein. Noch nicht. Bitte, noch ein wenig mehr Zeit.

Ich hatte keine Ahnung, wen ich anflehte, oder ob es tatsächlich jemanden gab, der mich hören konnte.

Er wischte seinen Pinsel mit einem Lappen sauber. „Ja." Er sah mir in die Augen. „Bilde ich mir das nur ein, oder werden die Momente, die wir zusammen verbringen, immer kürzer?"

„Einer der Streiche, die die Zeit uns spielt", antwortete ich.

Er ließ den Kopf hängen. „Ich weiß nur, dass ich es hasse, dich zurückzubringen."

„Muss ich jetzt gleich gehen?"

Er sah mich fragend an. „Warum? Möchtest du vorher noch etwas machen?"

Ich nickte und rieb mir den Schwanz. „Haben wir noch Zeit, uns zu lieben?"

Er kam auf mich zu und stieg ins Bett. „Dafür ist immer Zeit."

Die Gleitgelflasche erschien wie aus dem Nichts. Santa legte sich auf den Rücken und zog die Knie an die Brust. Ich lächelte. Das war seine Lieblingsposition, die, in der ich ganz tief in ihn eindringen konnte. Ich drückte mir etwas Gleitgel in die Hand und verteilte es auf meinem Schwanz, dann strich ich mit den Fingern über seine Rosette.

„Es ist noch nicht so lange her, dass du in mir warst." Er

breitete die Arme aus.

Ich krabbelte zwischen seine Beine und brachte meinen Schwanz in Position. Dann legte ich mich auf ihn und schob mich in ihn, langsam und stetig, bis ich ganz in ihm war. Seine Beine ruhten auf meinen Schultern, und er drückte mich an sich.

Ich liebte, wie wir zusammenpassten, wie wir uns miteinander bewegten, das Wogen unserer Körper, die Freude auf seinem Gesicht, die Röte, die über seine Haut kroch.

Ich liebte es, wenn er mich ritt, die fließenden Bewegungen seiner Hüften und die angespannten Bauchmuskeln.

Ich liebte die leisen Schreie, die er ausstieß, wenn er kurz vor dem Orgasmus war, sein Keuchen, wenn ich seine Brustwarzen reizte, weil ich wusste, wie sehr er das genoss.

Aber uns war klar, dass es dieses Mal nicht lange dauern durfte.

Ich wollte nicht, dass es endete.

Er erschauerte und versteifte sich, als er sich auf seine Brust und seinen Bauch ergoss. Ich nahm jeden Ruck wahr, der durch seinen Körper ging. Und als er fertig war, küssten wir uns wie immer, während ich mit sanften Stößen weitermachte, bis mein Höhepunkt durch mich hindurchrauschte.

Wir hielten einander ganz fest in den Armen. Ich konnte nichts sagen. Ich wagte es nicht. Denn wenn ich den Mund aufgemacht hätte, wären mir die berühmten drei Worte entschlüpft, und das konnte ich ihm nicht antun.

Wie hätte ich mich an seiner Stelle gefühlt, wenn ich meinen Geliebten in seine eigene Welt zurückbringen müsste, direkt nachdem er *mir* seine Liebe gestanden hatte?

Ich wusste es *ganz* genau. Ich würde mich fühlen, als hätte ich ihn verlassen.

Es war besser für ihn, wenn er es nicht wusste.

Er küsste mich auf die Stirn, eine innige Geste, die immer mein Herz erfreute. „Wir müssen jetzt gehen."

Ich nickte.

Wortlos.

Als ich einundfünfzig war

2018

Ich trat die Tür zu, und gleich darauf nahmen Santas Lippen meinen Mund in Besitz.

„Eines schönen Tages", japste ich, während ich ihm den Umhang auszog, „kommen wir mal hier rein und sind *nicht* innerhalb von drei Nanosekunden nackt. Wir könnten, du weißt schon, ein Gespräch führen oder so."

Er erstarrte. „Willst du reden?"

Ich verdrehte die Augen. „Ganz bestimmt nicht."

„Oh, Gott sei Dank." Er packte mich an der Hand und zog mich zum Schlafzimmer.

„Wollte das nur mal als Alternative in den Raum stellen."

„Zur Kenntnis genommen."

„Ich meine, irgendwann bin ich mal zu alt für diesen ganzen Matratzensport."

Er blieb ruckartig stehen, neben dem Bett, die Augen weit aufgerissen. „Du siehst das doch nicht etwa demnächst auf dich zukommen, oder?"

„Nicht, solange ich weiter meine Vitamine nehme."

Santa grinste. „Jetzt weiß ich, was ich dir nächstes Jahr zu Weihnachten schenke."

„Ich habe *dein* Geschenk schon hier."

Das brachte mir ein weiteres Grinsen ein. „Hoffentlich ist es wieder dasselbe, was du mir letztes Jahr geschenkt hast."

„Da es dir so gut gefallen hat, wollte ich dich nicht enttäuschen."

Er nahm mich in die Arme. „Das könntest du nie."

Und im Handumdrehen wich das spielerische Geplänkel leidenschaftlichen Küssen, und wir sanken auf sein Bett.

Manchmal werden Gespräche überbewertet. Körper sagen mehr als Worte, und Herzen sagen noch viel mehr.

„Wir sollten essen."

„Mhm."

„Nein, wirklich."

„Mmhm."

„Wir sollten uns wenigstens anziehen."

Ich ließ meine Hand über seinen Bauch gleiten, und sein Schwanz zuckte. „Rudolph ist da anderer Meinung."

Er stöhnte auf. „Zum letzten Mal, ich habe meinen Penis *nicht* Rudolph getauft."

„Das behauptest du." Ich rollte mich auf ihn und hielt ihn im Bett fest. „Erwischt. Du gehörst ganz mir."

„Ich habe dir schon vorher gehört."

Bei diesen Worten wurde mir warm ums Herz.

Ich küsste ihn auf die Lippen. „Ich glaube, du hast ein Geheimnis zu lüften."

Er gab sich ahnungslos. „Was für ein Geheimnis?"

„Letztes Jahr... Du wolltest mir sagen, wie du es geschafft hast, meinen Chef und mich beim Kaffeetrinken zu sehen. Schon vergessen?"

Er seufzte. „Das hat was damit zu tun, wie ich Geschenke für die Menschen finde. Die *richtigen* Geschenke."

„Das frage ich mich schon seit wir uns kennen." Ich setzte mich auf und ließ mich rittlings auf ihm nieder. „Du hast was von Werkstätten gesagt. Die ganzen Geschenke, die du bringst... Machst du die wirklich alle selbst? Ich meine, du findest sie nicht einfach im Internet und sorgst dann dafür, dass sie zugestellt werden?"

„Ein bisschen komplizierter ist es schon, aber ja, ich habe eine Werkstatt, und da lagere ich die ganzen Geschenke für den Weihnachtsabend."

Ich zog die Augenbrauen hoch. „Das muss ja eine tolle Werkstatt sein."

Er lächelte. „Du willst sie sehen, stimmt's?"

„Hast du daran etwa gezweifelt?" Etwas Hartes, Warmes berührte meinen Hintern – sein steifer Schwanz. Ich warf ihm einen strengen Blick zu. „Netter Versuch, aber Ablenkung ist nicht."

„Wenn das so ist..." Seine Augen funkelten. „Zieh dir was an."

„Spielverderber", murmelte ich, als ich von ihm herunterstieg und nach meiner Jeans griff. Er ging nackt in sein Ankleidezimmer. „Welcher Weihnachtspullover ist es *dieses* Jahr?", rief ich ihm nach. „Und habe ich dir schon mal gesagt, dass du den Arsch eines viel jüngeren Mannes hast?" Er war fest und rund, ein Hintern, auf dem man eine Münze hüpfen lassen könnte.

„Um Himmels willen, sag ihm das bloß nicht – sonst will er ihn noch zurückhaben." Als er wieder herauskam, trug er Jeans, einen roten Pulli und dicke Socken an den Füßen. Auf jeder Socke prangte ein Rentier mit roter Nase.

Er sah hinreißend aus.

„Weißt du, rot ist definitiv deine Farbe. Solltest du öfter tragen", scherzte ich.

„Das muss ich mir merken." Er krümmte den Finger. „Komm mit." Er führte mich durch das Haus, das mir allmählich vertraut wurde. Wir kamen an eine rote Tür, er schloss sie auf, und dahinter kam eine Treppe zum Vorschein, die nach unten führte.

„Deine Werkstatt ist unter dem Haus?"

„Sozusagen." Ich folgte ihm die Treppe hinab. Unten war eine weitere Tür. Er sperrte sie auf, und ich betrat–

Heilige Scheiße.

Ich hatte schon gedacht, sein Büro wäre riesig, aber das war rein gar nichts gegen seine Werkstatt. Sie erstreckte sich meilenweit. So weit das Auge reichte, gab es Werkbänke, und alle waren leer.

Natürlich sind sie leer. Er hat gerade alles ausgeliefert.

„Wann fängst du mit der Arbeit für das nächste Jahr an?"

„Sobald Weihnachten vorbei ist und das neue Jahr beginnt, lege ich mit den Vorbereitungen los. Aber nicht alle Geschenke sind materiell."

„Wie meinst du das?"

Er lehnte sich an eine der Werkbänke. „Ich gebe dir mal ein Beispiel. Obdachlosenunterkünfte. Du weißt bestimmt, wovon ich rede, oder?"

Ich nickte.

„Nun, unter anderem sorge ich dafür, dass sie alles haben, was sie brauchen, um denen, die sonst nirgends hinkönnen, ein Dach über dem Kopf und etwas zu essen bieten zu können. Entweder, indem ich es selbst beschaffe oder indem ich andere dazu bringe, das für mich zu tun."

„Du kannst Menschen beeinflussen? Gehört das zu deiner Magie?"

Er grinste. „Wie hätte ich denn wohl sonst meine Geschenke von *USPS* ausgeliefert bekommen?"

„Da ist was dran."

„Meiner Meinung nach besteht meine Aufgabe zum Teil auch darin, Menschen zu helfen, ihren Mitmenschen zu helfen." Sein Lächeln verblasste. „Manchmal scheint mir das unmöglich zu sein. Es gibt schon sehr gierige, selbstsüchtige Menschen in deiner Welt." Dann leuchteten seine Augen wieder. „Aber glücklicherweise gibt es mehr Menschen, die bereit sind, Zeit und Mühe zu investieren, um ihren Mitmenschen das Leben ein bisschen leichter zu machen." Er zuckte die Achseln. „Und manchmal brauchen sie nichts weiter als einen kleinen… Schubs."

Ich zog die Augenbrauen hoch. „Und den gibst du ihnen."

„Ja." Er legte den Kopf schräg. „Weißt du noch, als du sechzehn warst und nicht wusstest, was du Ben zu Weihnachten schenken sollst? Du hast so lange darüber nachgedacht, weil du ein guter Mensch bist und ihm etwas schenken wolltest, worüber er sich wirklich freuen würde."

Ich erinnerte mich an dieses Weihnachten. Mir war einfach nichts eingefallen. Was schenkte man einem Zwölfjährigen, der keine Hobbies und keine besonderen Interessen zu haben schien?

Und dann war mir die Idee gekommen. Ben hatte kein Talent zum Zeichnen, und beim Malen sah es ziemlich ähnlich aus. Aber er schaute mir immer beim Zeichnen zu, und dann lag so etwas wie Neid in seinem Blick. Also hatte ich meine Mutter gefragt, ob wir ihm ein Malen-nach-Zahlen-Set kaufen könnten. Die waren lange Zeit sehr beliebt. Man brauchte nur die Felder in den richtigen Farben auszumalen, und am Ende hatte man ein schönes Kunstwerk. Mom war stolz gewesen, dass mir das eingefallen war.

Doch jetzt glaubte ich so langsam, dass die Idee gar nicht von mir gewesen war.

„Du hast mich geschubst."

Er lächelte. „Ich habe dich nur ein bisschen inspiriert,

nichts weiter. Das ist meine Aufgabe. Wann immer du von deinen Eltern genau das Geschenk bekommen hast, das du dir gewünscht hattest, von dem du geträumt hattest, geschah das durch meine Inspiration."

Ich schmunzelte. „Lustig, dass du das sagst. Die besten Geschenke in meiner Kindheit? Da war immer ein Schildchen dran, auf dem *Für Anthony von Santa* stand. Es war total süß, wie meine Eltern das gemacht haben. Jedes Jahr lag ein Geschenk von dir unterm Weihnachtsbaum." Ich riss erstaunt die Augen auf. „Die waren wirklich von dir, nicht wahr? Das waren die Geschenke, die sie nach einem *Schubs* von dir gekauft haben."

„Nein. Die waren von mir. Und wenn du dich umhörst, findest du viele Leute, die dieselbe Geschichte erzählen. Ich bringe nicht haufenweise Geschenke in jedes Haus – ich bringe eines. Und es ist immer genau das, was ein Kind sich wirklich wünscht, oder was es braucht." Seine Augen funkelten. „Erinnerst du dich an den Malkasten, den du bekommen hast, als du acht warst? Den mit den ganzen Farben, Wachsmalstiften, Buntstiften…"

Jetzt lächelte ich. „Der war perfekt."

„Aber ich muss fragen… was hat dich dazu gebracht, nicht mehr an mich zu glauben?"

Ich seufzte. „Mark Pointer."

Für einen Moment blieb er stumm. Dann sagte er: „Dünn, rothaarig, Brille."

Inzwischen überraschte es mich nicht einmal mehr, dass er sich erinnerte. „Ja, das war er. Er hat mir gesagt, dass es dich gar nicht gäbe und dass meine Eltern nur so tun."

„Und du hast ihm geglaubt?"

„Er war der Klügste in meiner Klasse. Er wusste *alles*."

Santa wirkte plötzlich bedrückt. „Er war nicht klug genug, um nein zu sagen, als ihm jemand Koks angeboten hat. Und nein, ich rede nicht von dem schwarzen Zeug zum Heizen.“

Ich stutzte. „Ist er okay?“ Jesus, wie lange war es her, seit ich an meine ehemaligen Mitschüler gedacht hatte?

Santa sagte nichts, aber seine feuchten Augen reichten mir als Antwort.

Ich nahm ihn in die Arme. „Hey. Es war sein Leben, seine Entscheidung.“ Ich wischte seine Tränen mit den Fingern weg. „Und du weinst um ihn, weil du wirklich durch und durch gut und selbstlos bist.“ Das glaubte ich von ganzem Herzen. Ich trat einen Schritt zurück. „Aber eins musst du mir erklären. Wie kannst du das alles *von hier aus* wissen?“

Er seufzte. „Das kannst du jetzt ebenso gut auch sehen.“ Er machte eine Handbewegung, und auf den leeren Arbeitsflächen standen plötzlich überall Bildschirme, so viele, dass ich sie gar nicht alle zählen konnte.

„Zeig mir, wozu du die benutzt.“

Eine weitere Handbewegung, und der Bildschirm, der uns am nächsten war, erwachte zum Leben. Ich sah eine Familie lachend und scherzend am Tisch sitzen.

Mir ging ein Licht auf. „Du beobachtest meine Welt?“

„Ständig. Wie könnte ich sonst alle im Auge behalten? Aber wenn ich *ständig* sage, soll das nicht heißen, dass ich *immer* zuschaue.“ Seine Wangen färbten sich rosa.

„Da bin ich aber erleichtert. Denn du *weißt* ja, woran ich gerade denke, stimmt’s?“ Als er mir einen ratlosen Blick zuwarf, grinste ich. „Von wegen *er sieht uns, wenn wir schlafen und weiß, wenn wir wach sind*? Das ist näher an der Wahrheit, als wir glauben sollen, richtig?“

Er errötete noch stärker. „Ich weiß, was vor sich geht, was die Menschen brauchen. Und wenn ich sehe, dass meine Magie irgendwo dringend gebraucht wird, sorge ich dafür, dass sie dort ankommt.“ Er zuckte die Achseln. „Ich habe ja gesagt, dass es kompliziert ist.“

Ich drückte ihm einen zärtlichen, langen Kuss auf. „Ich finde dich wunderbar." Ich wich zurück. „Und ich glaube, dass das hier jetzt komplett anders sein dürfte, als es zu Anfang war."

Er lachte leise. „Du machst dir *keine* Vorstellung. Die Bevölkerung deiner Welt ist gewachsen, und es ist kein Ende in Sicht. Man sollte meinen, das würde meinen Job immer schwieriger machen. Aber in Wirklichkeit ist es so, dass immer weniger Menschen an mich glauben. Und wo man nicht an mich glaubt, kann ich nicht hingehen."

Dabei fiel mir wieder ein, was er vor ein paar Jahren gesagt hatte. „Dann denkst du also, dass eines Tages niemand mehr an dich glauben wird, und dann hörst du auf zu existieren?"

„Das weiß ich nicht, wirklich nicht. Es ist eine Möglichkeit."

Ich starrte die Bildschirmreihen an. „Am meisten erstaunt mich, dass du das alles allein machst."

„Ich kenne es nicht anders." Er lächelte. „Wir haben noch etwas zu erledigen, bevor du gehst."

„Ach, wirklich?" Ich grinste. „Da bin ich sofort dabei."

Er brach in Gelächter aus. „Ich hätte wissen müssen, woran du gleich wieder denkst. Nein, wir haben ein Gemälde fertigzustellen, erinnerst du dich?"

Verdammt. „Natürlich. Aber wenn du damit fertig bist…" Ich klimperte mit den Wimpern.

Er schnaubte. „Nur falls dir das noch nie jemand gesagt hat, den Dackelblick hast du echt nicht drauf." Gleich darauf weiteten sich seine Augen, als hätte er gerade eine Fremdsprache gesprochen.

Ich blinzelte. „Wow, Santa. Du hörst dich ja mehr und mehr wie ein normaler Typ aus dem einundzwanzigsten Jahrhundert an."

„Das ist deine Schuld." Er rückte näher und schlang mir

die Arme um den Hals. „Du brauchst nicht zu fragen. Ich wäre jetzt nirgendwo lieber als in deinen Armen.“

„Dito“, murmelte ich an seinen Lippen.

Er beendete den Kuss. „Aber vielleicht möchtest du für die Zukunft etwas in Erwägung ziehen.“

Ich sah ihn fragend an. „Ja?“

„Ich bin seit drei Jahren der… Empfänger deiner Geschenke. Meiner Meinung nach ist es höchste Zeit, dass ich dich auch einmal beschenke.“ Er sah mir in die Augen. „Das heißt, falls du… eines empfangen möchtest.“

Ich brauchte einen Moment, um zu begreifen, dass Santa auf seine schrullige, zaghafte Art um Erlaubnis zum Toppen bat.

Ich grinste. „Oh, ich glaube, dafür wäre ich durchaus zu haben.“

„Aber jetzt… Zeit zum Malen.“

Als ich ihm wieder ins Schlafzimmer folgte, konnte ich nicht aufhören zu lächeln. „Du hast es immer noch drauf“, murmelte ich.

„Was meinst du damit?“, fragte er, als wir an der Tür waren.

„Du weißt immer noch, wie man das perfekte Geschenk findet.“

Als ich zweiundfünfzig war

2019

„Die neue Couch gefällt mir", murmelte ich. Sie war dem offenen Kamin zugewandt und hatte eine breitere Sitzfläche als die alte. Sie bot Platz genug, um zu zweit darauf zu liegen und unter einer Decke miteinander zu kuscheln.

Er lag hinter mir und hielt mich im Arm. „Mir auch. Das ist eine Couch für zwei." Er rollte ein wenig die Hüften, und sein Schwanz glitt durch meine Poritze.

„Ist das ein Vorschlag?"

Er lachte leise. „Wenn es nach mir ginge, würde ich in dir vergraben einschlafen."

Oh mein Gott, das wäre wunderbar.

„Also… was habe ich verpasst? Wie war 2019? Immerhin ist das Jahr fast vorbei."

„Dieses Jahr haben sich ganz schön viele Promis als LGBTQ+ geoutet, wenn ich jetzt so darüber nachdenke." Einige hatten mehr Schlagzeilen gemacht als andere.

„Wirklich? Ich interessiere mich nicht besonders für Prominente."

Ich drehte den Kopf und lächelte ihn an. „Was sehr wohltuend ist, das kann ich dir sagen. Deshalb gehe ich nicht mehr zum Friseur. Er hat von nichts anderem geredet. Hat mich zu Tode gelangweilt."

Santa strich mir über den Kopf. „Wie ich sehe, hat sich die Haarschneidemaschine als nützlich erwiesen. Und, wer hat sich geoutet? Jemand, den ich kenne?"

„Es waren so viele, dass ich den Überblick verloren habe. Ein Ringer, ein Broadway-Star, ein Countrysänger, ein Rugby-Schiedsrichter, eine Schauspielerin, ein YouTuber, ein Hockeyspieler, Fernsehstars…" Als er nichts sagte, blickte ich mich erneut um. „Bist du okay?"

„Sich zu outen… ist das immer noch eine so große Sache?"

Ich seufzte. „Leider ja."

„Warum leider?"

Ich drehte mich auf den Rücken, und er streichelte meine Brust mit besänftigenden, kreisförmigen Bewegungen, unter denen ich mich entspannte. „Weil ich den Tag herbeisehne, an dem sich niemand mehr outen muss. Wenn niemand mehr der Welt seine Sexualität verkünden muss. Wenn man einfach sein kann, wie man ist, und jeder das akzeptiert."

Santa biss sich auf die Lippe. „Es wäre schön, wenn das wahr würde. Aber ich glaube, da wirst du lange warten müssen."

Das befürchtete ich auch.

Ich legte ihm eine Hand an die Wange. „Ich wollte dich schon lange etwas fragen."

Er lächelte. „Normalerweise machst du einfach den Mund auf, und schon kommt es raus. Du machst mich neugierig."

„Wenn ich an dich denke, dann immer als *Santa*. Aber… du musst doch auch einen richtigen Namen haben, oder? Selbst unsterbliche Wesen brauchen einen Namen."

Für einen Moment betrachtete er nachdenklich mein Gesicht, als überlegte er, wie er antworten sollte. „Stimmt", sagte schließlich. „Ich habe ihn sehr lange nicht mehr benutzt, aber ich habe einen."

Als er nicht weitersprach, funkelte ich ihn gespielt verärgert an. „Und? Wie heißt du?" Bevor er etwas sagen konnte, schnappte ich nach Luft. „Oh mein Gott. Du willst es mir nicht sagen, weil es ein grässlicher Name ist. Moment. Lass mich raten. Frank.“

Er verengte die Augen. „An dem Namen Frank gibt es nichts auszusetzen.“

Mir klappte der Unterkiefer runter. „Sag nicht, ich hab gleich beim ersten Mal ins Schwarze getroffen.“

Das brachte mir ein weiteres Schnauben ein. „Nicht mal ansatzweise.“

„Okay, also noch ein Versuch.“ Ich sah ihn an und rieb mir nachdenklich das Kinn. „Percy.“

Dafür bekam ich nur ein Augenrollen.

„Dwayne“, meinte ich. Meine Lippen zuckten.

„Jetzt willst du witzig sein.“

„Dann spann mich halt nicht länger auf die Folter und *sag's* mir.“

Er seufzte. „Okay. Mein richtiger Name ist… Nicholas.“

Ich starrte ihn an. „Was hast du gegen den Namen? Der ist doch schön.“

Er sagte nichts.

„Nein, ganz im Ernst“, protestierte ich. „Und er passt irgendwie. Immerhin hat Santa der Legende nach doch mal als Sankt Nikolaus angefangen, nicht wahr?“

Er sagte nichts.

Meine Haut kribbelte. Mein Puls raste. „Nein… Jetzt mach aber mal einen Punkt.“

Er sagte nichts.

Oh. Mein. Gott.

„Wenn mein Handy in dieser Welt funktionieren würde, wäre ich jetzt schon auf Google und würde nachsehen, wann Sankt Nikolaus gelebt hat, das kannst du mir glauben. Also… warum hilfst du mir nicht aus meiner Misere und sagst es mir einfach?“

Er zuckte die Achseln. „So um das 3. Jahrhundert nach

Christus.“

Ich lag nackt neben einem unglaublich alten, nackten Mann, der aussah, als wäre er in meinem Alter.

„Die Legenden sind wahr?“

Er nickte. „Ich wurde irgendwann zwischen 1773 und 1774 Santa Claus. Ein paar holländische Familien in New York haben beschlossen, zu Ehren meines Todestages zusammenzukommen. Da war ich natürlich *Sinterklaas*. Das ist eine Kurzfassung von *Sint Nikolaas*, wie Sankt Nikolaus auf Holländisch heißt.“ Er setzte sich auf, und ich tat es ihm nach. Santa – Nicholas – starrte ins Feuer. „Die Legenden sind wahr. Und mein Aussehen in diesen Legenden hat sich viele, viele Male verändert. Hast du zum Beispiel gewusst, dass ich vor 1931 als hochgewachsener, hagerer Mann dargestellt wurde? Und einmal hat mich jemand als gruselig aussehenden Elf gezeichnet.“ Er biss sich auf die Lippe. „Tatsächlich war ich während des amerikanischen Bürgerkriegs angeblich ein Elf, der die Union unterstützt hat.“

Während des Bürgerkriegs… Die Daten wollten mir einfach nicht in den Kopf.

„Aus dem hellbraunen Mantel wurde ein roter. Und um 1820 herum haben die Amerikaner irgendwann die Tradition der Weihnachtseinkäufe eingeführt und mich darin integriert. Und dann hat irgendwer dieses Gedicht geschrieben, *The Night Before Christmas*.“ Er verzog das Gesicht. „Und plötzlich hatte ich Pausbacken und einen dicken Bauch, der wackelte, wenn ich lachte. Ich meine, *echt jetzt*?“

„Und du konntest das ja schlecht richtigstellen, stimmt's?“

„Genau! 1841 haben sie in Philadelphia ein lebensgroßes Weihnachtsmann-Modell aufgestellt. Sah mir *kein bisschen* ähnlich.“

Mir schwirrte immer noch der Kopf. „Dein Todestag?"

„6. Dezember."

„In welchem Jahr?"

Er sah mir in die Augen. „343. Natürlich bin ich nicht wirklich gestorben."

„Aber… Sankt Nikolaus hat wirklich gelebt. Menschen haben dich gesehen. Menschen haben dich *gekannt*."

Er nickte.

„Dann wurdest du nicht einfach … erschaffen. War das eine Lüge?"

„Nein, nur ein weiteres Geheimnis, von dem ich nicht wusste, wie ich es lüften sollte. Jemand hat einen Menschen genommen, der anderen gern Geschenke gemacht hat, der freundlich und hilfsbereit war, und ihn unsterblich gemacht."

„Hat dieser Jemand dir denn eine *Wahl* gelassen?", fragte ich.

„Nicht direkt. Ich war krank, weißt du, an der Schwelle des Todes, und das Nächste, was ich weiß…" Erneutes Schulterzucken. „Es hat eine Weile gedauert, bis ich mich daran gewöhnt hatte."

Eine Welle von Kummer brach über mich herein. „Das tut mir ja so leid."

Er runzelte die Stirn. „Was denn?"

„Du warst ganz allein, für so lange Zeit. Ich finde es erstaunlich, dass du nicht durchgedreht bist."

Er stand auf und legte ein weiteres Scheit aufs Feuer. „Anfangs dachte ich, meine Einsamkeit wäre der Preis für meine Unsterblichkeit. Vielleicht hat, wer auch immer mich geschaffen hat, gedacht, ich bräuchte keinen Partner. Vielleicht fand man, ich bräuchte die Ablenkung nicht. Mrs. Claus ist erst 1849 zum ersten Mal in Erscheinung getreten, in einer Kurzgeschichte, die ein christlicher Missionar geschrieben hat." Er drehte den Kopf, und ich sah zu meiner Erleichterung, dass er lächelte. „Um ehrlich zu sein, ich habe gelacht, als ich das gesehen habe.“

„Wann hast du es gewusst? Dass du schwul bist, meine ich.“

Nicholas ging an den Schrank, in dem er den Whisky aufbewahrte, den ich ihm geschenkt hatte. Er schenkte zwei Gläser ein. „Schon länger, als das Wort *schwul* überhaupt existiert. Im Laufe der Jahrhunderte habe ich viele Männer gesehen, die ich attraktiv fand, aber sie konnten mich nie sehen.“ Er reichte mir ein Glas.

„Das kommt mir wie ein verdammt hoher Preis vor.“

„Ich weiß. Und ich habe es wirklich geglaubt.“

„War… war Nikolaus damals auch schwul?“

Er sagte nichts, aber schließlich nickte er kurz.

„Tja, *das* ist ein Fakt, der es nie in die Geschichtsbücher geschafft hat.“

„Nicht, dass ich es je einer Menschenseele verraten oder einen anderen Mann auch nur *geküsst* hätte.“ Er schluckte. „Ich war so allein.“ Seine Stimme brach. „Und dann bist du in dieses Wohnzimmer gekommen, und du konntest mich *sehen*. Der erste Mensch, der das je konnte, seit ich unsterblich gemacht wurde.“

„Moment mal. Irgendjemand muss dich aber schon gesehen haben. Wie hätten sonst plötzlich diese ganzen Beschreibungen auftauchen können?“

Er stutzte. „Du hast recht. Darüber habe ich nie nachgedacht. Vielleicht hat mich im Lauf der Jahrhunderte tatsächlich hin und wieder jemand gesehen. Ich wusste nur, dass ich unsichtbar war, wenn ich mich in den Häusern der Menschen aufhielt. Bis ich dich getroffen habe. In diesem Moment habe ich geglaubt, Gott hätte sich meiner erbarmt. Endlich gab es jemanden, mit dem ich reden konnte, mit dem ich befreundet sein konnte.“ Er setzte sich vor mir auf den Couchtisch und sah mich an.

„Während all dieser Zeit warst du mein bester und einziger Freund, und ich habe jede Minute genossen, die wir zusammen verbracht haben." Seine Lippen zuckten. „Allerdings muss ich zugeben, dass die Minuten in den letzten Jahren… interessanter geworden sind."

Jetzt verstand ich. „Kein Wunder, dass wir immer als erstes in deinem Bett landen. Du musst verlorene Zeit aufholen." Ich grinste. „Nicht, dass ich mich beschweren will. Ein Jahr warten zu müssen, bis ich dich wieder berühren kann, treibt mich ... schon ein bisschen zur Verzweiflung."

„Diese Verzweiflung kenne ich nur zu gut. Aber es ist nicht nur die körperliche Seite unserer Beziehung. Du hast viel mehr zu bieten. Du beruhigst mich. Du gibst mir das Gefühl, ich könnte alles schaffen." Er lächelte. „Du machst mich glücklich."

Wärme durchströmte mich. „Das freut mich. Und ich bin froh, dass jemand beschlossen hat, dir einen Freund zu geben."

Aber ich wollte so viel mehr als das für ihn sein.

Dann wurde mir bewusst, wie egoistisch das von mir war. Meine Bedürfnisse waren ein Sandkorn, verglichen mit dem Leben, das er geführt hatte, mit den Jahrhunderten der Einsamkeit, die er ertragen hatte. Tränen traten mir in die Augen, und ich gab ihnen nach, ließ sie über meine Wangen rinnen, bis sie von meinem Bart tropften.

Im Nu saß er nicht mehr auf dem Tisch, sondern kniete vor mir. „Anthony? Was hast du denn?" Ein Taschentuch erschien aus dem Nichts, und er trocknete meine Tränen. „Du machst mir Angst."

Ich schluckte, doch ich hatte einen Kloß in der Kehle. „Es bricht mir das Herz, wenn ich daran denke, dass du hier allein bist." Ich zog ihn an mich, fühlte seine Wärme, seine

Arme um mich, seine Lippen, die meine mit einem innigen Kuss nach dem anderen streiften.

„Aber jetzt bin ich ja nicht mehr allein, oder?" Er legte mir eine Hand an die Wange und sah mir in die Augen. „Ich habe dich."

„Aber du hast mich nur für eine Nacht im Jahr", gab ich zurück.

„Und glaub mir, ich lebe für diese Nacht. Für das Wissen, dass ich dich wieder in den Armen halten kann. Dich küssen. Mit dir reden. Dich zum Lachen bringen." Er setzte sich auf die Fersen. „Das ganze Jahr über fallen mir Dinge ein, die ich dir sagen will, und ich schreibe sie mir auf, damit ich sie nicht vergesse. Aber wenn der Weihnachtsabend kommt, sind es zu viele. Und ich habe keine Zeit, um sie alle unterzubringen. Wenn ich dich hier habe, will ich dich nur in den Armen halten, mit dir Liebe machen wieder zu dir finden."

„Ich bin hier", murmelte ich und küsste ihn auf die Stirn, die Wangen, die Lippen. „Und ich gehöre ganz dir, so lange es uns vergönnt ist."

Das Problem war nur, dass uns nicht genug Zeit vergönnt war.

Wir legten uns wieder auf die Couch, und er nahm mich wieder in die Arme. Und in diesem Moment wurde mir klar, dass ich genau das für den Rest dieses Weihnachtsabends tun wollte – ihn neben mir spüren, seine Wärme teilen.

Bis die Ungeheuerlichkeit dessen, was er mir gerade erzählt hatte, ein wenig nachließ.

Ich dachte an seine Enthüllungen zurück. „Also… als du *gestorben* bist…" Ich malte mit den Fingern Anführungszeichen in die Luft. „Wie alt warst du da?"

„Dreiundsiebzig."

Ich staunte. „Wow. Ich hätte gedacht, dass du in meinem

Alter bist."

„Ich glaube, *sie* waren großzügig. Als ich mich zum
ersten Mal im Spiegel gesehen habe, wusste ich, dass sie
ein paar Jahre abgezogen hatten. Also sind wir vielleicht
tatsächlich im selben Alter."

Auf jeden Fall im richtigen Alter für mich.

„Weißt du was? Du siehst verdammt gut aus für dein
Alter, Nicholas."

Er lächelte. „Dann nennst du mich also ab jetzt bei
meinem Namen?"

Ich grinste. „In diesem Satz steckt irgendwo ein Filmtitel
drin. Und ja, wenn das okay ist."

Seine Augen waren warm. „Mehr als okay."

„Aber du weißt schon, was das aus uns macht", fügte ich
hinzu. „Oder?"

„Klär mich auf."

„Das Paar mit dem größten Altersunterschied aller
Zeiten."

Er lachte. „Es wird noch besser." Als ich ihn fragend
ansah, funkelten seine Augen. „Tja, du hattest schon
immer eine Vorliebe für ältere Männer."

Als ich dreiundfünfzig war

2020

„Du hast nicht zu viel versprochen, als du gesagt hast, du hättest eine Überraschung für mich."

Es war mit Sicherheit das zauberhafteste Erlebnis aller Zeiten.

Wir flogen durch den Himmel, und so weit das Auge reichte, wogten die hell leuchtenden Bänder des Nordlichts. Grün blitzte auf, flackernd und tanzend, als stünde der Himmel in Flammen, und plötzlich war da auch Rot.

„Nicht schlecht für ein paar angeregte Elektronen aus dem Weltraum."

Ich starrte ihn an. „Du kannst das doch nicht auf eine wissenschaftliche Erklärung reduzieren. Das hier ist *fantastisch.*" Um nicht zu sagen spektakulär, beglückend…

Nicholas zog mich enger an sich. „Ich wollte, dass du das siehst. Es ist wunderschön, nicht wahr?" Er seufzte. „Aber es ist schon fast wieder Zeit ist, dich nach Hause zu bringen." Er nahm die Zügel auf.

Mein Herz wurde schwer. Ein weiterer Weihnachtsabend neigte sich dem Ende zu.

Ich verstummte, den Blick auf die Landschaft unter uns geheftet, und mein Herz tat weh.

Es ist nicht genug.

Ich konnte nicht so weitermachen, mir wünschen, mein Leben wäre anders und auf diese wenigen gemeinsamen Stunden mit ihm warten.

Er berührte mein Knie. „Kannst du mir einen Gefallen tun? Wenn ich den Schlitten ruhig halte, könntest du dann nach hinten klettern, und mal im Sack nachsehen, ob ich wirklich alles ausgeliefert habe? Irgendwie werde ich das Gefühl nicht los, dass ich was vergessen habe."

„Ich soll nach hinten klettern… während wir fliegen?"

„Ich würde es ja selbst machen, aber ich muss steuern." Er lächelte. „Es ist nicht gefährlich. Ich würde dich nicht um etwas bitten, wobei du zu Schaden kommen könntest."

Das wusste ich. „Ja, klar." Ich krabbelte über die Rückenlehne auf die geräumige Ladefläche dahinter, wo ein großer, roter, allem Anschein nach leerer Sack auf dem Boden lag. Ich spähte hinein. „Wie soll ich denn da was sehen? Es ist stockdunkel hier hinten."

„Die Taschenlampe in deinem Handy sollte funktionieren, falls das was hilft."

Ich nahm das Handy aus der Tasche, tippte auf das Symbol und leuchtete in alle Ecken. „Hier ist nichts."

Zu meiner Überraschung kam Nicholas zu mir. „Bist du sicher?"

Ich blinzelte. „Hey, ich dachte, du musst lenken?"

Er lachte. „Meine Mädels könnten auch ohne mich fliegen. Ich mache mir keine Sorgen." Er spähte in den Sack. „Sieht so aus, als hättest du recht." Dann lächelte er. „Möchtest du mal den Schlitten lenken?"

„Hast du nicht gerade gesagt, dass sie ohne dich fliegen könnten?"

„Stimmt, können sie. Aber ich dachte, ich überlasse dir mal für eine Weile die Zügel. Du weißt schon, damit du siehst, was es für ein Gefühl ist, die Kontrolle zu haben." Er lächelte mich beruhigend an. „Keine Sorge, die Mädels kommen schon nicht vom Weg ab. Ich dachte nur, du würdest das vielleicht gern mal machen."

Ich grinste. „Ich muss zugeben, ich habe in den letzten paar Jahren unzählige Male daran gedacht. Hab nur nie den Mut aufgebracht, zu fragen."

„Dann ist jetzt die perfekte Gelegenheit dazu."

Ich machte mich daran, wieder auf den Sitz zu klettern, aber er hielt mich zurück. „Hier." Er nahm die Zügel auf und drückte sie mir in die Hand.

Ich runzelte die Stirn. „Du willst, dass ich den Schlitten… von hier hinten aus steuere?"

Er nickte. „Kinderleicht." Er neigte den Kopf zur Seite. „Eigentlich ist es *so* einfach, dass ich vielleicht noch ein bisschen was drauflegen muss, damit es ein bisschen anspruchsvoller wird."

„Und wie willst du das machen? Mir die Augen verbinden?"

Nicholas stellte sich hinter mich und schlang die Arme um meine Taille. Seine Lippen streiften mein Ohr. „Das wird dir gefallen", murmelte er und öffnete meine Jeans.

Ich erstarrte. „Was… was machst du da?"

Er schob mir die Jeans bis zu den Knien hinunter. „Nett. Anscheinend bin ich nicht der Einzige, der keine Unterwäsche trägt." Er drückte meinen Hintern.

Oh Gott. Er wird doch nicht…

Ich hörte es hinter mir klappern und wusste, ohne hinzusehen, dass seine Gürtelschnalle gerade auf dem Boden gelandet war. Ein Reißverschluss ratschte. Und dann schnappte ich nach Luft, als ein glitschiger Finger zwischen meine Pobacken geschoben wurde.

„Du machst wohl Witze. Ernsthaft? Schlitten-Sex?" Mein Puls raste und meine Atmung beschleunigte sich.

„Sag mir, dass du das nicht willst."

Nein, das konnte ich ihm nicht sagen, und das wusste er genau. „Hast du… hast du das geplant?"

„Schuldig." Er umkreiste meinen Anus mit der

Fingerspitze.

„Wie soll ich denn noch klar denken können, wenn du das machst?"

„Du sollst gar nicht denken. Genieß es einfach."

„Okay, ich weiß, wir waren uns einig, dass du irgendwann auch mal toppst, aber–"

„Ja, waren wir." Ein weiteres langsames, sexy Kreisen. „Und ich hab mir diese Nacht dafür ausgesucht."

„Willst du wirklich, dass dein erstes Mal—"

„Um dich mal zu zitieren, ich habe in den letzten paar Jahren unzählige Male daran gedacht. Hab nur nie den Mut dazu aufgebracht." Und dann schob er seinen glitschigen Finger in mein Loch.

Oh mein Gott.

„Ich glaube, du hast du deine Schüchternheit endgültig überwunden", sagte ich atemlos. Ich musste zugeben, dass mir dieser neue, verwegene Nicholas ausnehmend gut gefiel. „Gleitgel hast du auch mitgebracht? Wie aufmerksam."

„Du hältst die Zügel, vergiss das nicht. Also keine plötzlichen Bewegungen. Wir wollen ja die Mädels nicht erschrecken, oder?" Er bewegte seinen Finger rein und raus, und mein Herz hämmerte.

„Willst du mich wirklich ficken, während wir fliegen?"

Er lachte leise. „Oh ja." Er nahm einen zweiten Finger hinzu, und das Brennen war herrlich. „Oh Gott, du bist so warm da drin."

Ich stöhnte. „Und eng." Es war schon eine Weile her.

„Aber du wirst von Minute zu Minute lockerer." Seine Finger wurden immer schneller, bis ich mich wand und mich ihnen entgegenschob, mich mit ihnen fickte.

Ich fliege in einem von acht Rentieren gezogenen Schlitten, hoch über der Erde, und werde von Santa mit den Fingern gefickt.

Bester. Weihnachtsabend. Aller. Zeiten.

„Jetzt beug dich vor."

„Was?"

„Du hast mich schon verstanden. Bück dich über die Sitzbank. Streck den Hintern raus."

„Willst du meine Jeans lassen, wo sie sind? Um meine Knie?"

„Gut mitgedacht." Er schob sie bis zu meinen Knöcheln hinunter. Dann spreizte er meine Pobacken, und seine warme, stumpfe Eichel drückte gegen meine Rosette. „Oh mein Gott", stöhnte er, als er in mich eindrang.

„Du nimmst mir die Worte aus dem Mund", sagte ich ächzend. Langsam schob er sich Stück für Stück weiter vor, die Arme um meine Taille geschlungen, bis er mich ganz ausfüllte. Lieber Gott, wie groß er sich anfühlte. Und dick. Die Dehnung setzte meine sämtlichen Nervenenden unter Strom.

„Du fühlst dich immer noch eng an."

„Und das wundert dich? Hast du dir deinen Schwanz in letzter Zeit mal *angeschaut*?"

Er drang mit sanften Stößen immer wieder in mich ein, und ich ließ einen der Zügel fallen. Ich schrie auf, und er lachte. „Uns kann nichts passieren. Das verspreche ich dir." Erneut stieß er das Becken vor. „Ich glaube, das hier dauert nicht mehr lang." Er zog sich quälend langsam zurück, drang dann gemächlich wieder in mich ein, und die Lust brachte mich fast um den Verstand.

„Du fühlst dich fantastisch an", japste ich, als er seinen Schwanz ganz herauszog, nur um ihn gleich wieder hineinzustoßen, so wuchtig, dass er mich gegen die Rückenlehne warf. Mein Schaft war härter als Stahl.

„Lass die Zügel los."

„Hast du sie noch alle?"

„Lass die Zügel los. Du brauchst deine Hände für was

anderes."

Ich hätte mich ja umgedreht und ihn angesehen, aber ich war sicher, dass wir dann abstürzen würden. „Und wofür?"

„Spreiz deine Pobacken."

Ich hielt immer noch die Zügel.

Er beugte sich vor, und sein warmer Atem streifte mein Ohr. „Anthony… lass los. Vertrau mir." Eine Pause. „Vertraust du mir?"

Ich atmete zittrig aus. „Mit meinem Leben."

„Dann lass los."

Ich ließ die Zügel fallen, griff nach hinten und zog meine Pobacken auseinander, öffnete mein Loch weit für ihn. Er glitt wieder hinein, und ich stöhnte bei der Reibung.

„Ich bin so kurz davor. Das geht jetzt schnell, okay?"

Ich konnte nur ja sagen.

Seine Hüften zuckten, als er wieder und wieder zustieß, mich mit jedem wuchtigen Stoß gegen die Rückenlehne presste. Ich schrie auf, als mir aufging, dass mich niemand hören konnte, dass ich mich in jeder Hinsicht gehen lassen konnte. Er füllte mich aus und klammerte sich Halt suchend an meine Schultern, während er mir seinen Schwanz in den Leib rammte.

„Ja", schrie ich gellend. Um uns herum tanzte und wogte dieser wunderbare grüne Schein über den Himmel, und ich wusste, ich würde nicht mehr lange brauchen. Und als ich das verräterische Pochen in mir spürte, reichte das, um mir den Rest zu geben. Ich kam keuchend zum Orgasmus, während sein Schwanz immer noch in mir pulsierte.

„Wollte schon immer… dem Mile-High-Club… beitreten", scherzte ich, am ganzen Körper zitternd. Er klammerte sich schweratmend an mich. Ich hielt mich an der Rückenlehne der Sitzbank fest. „Ich denke… vor dem nächsten Weihnachtsabend… musst du den Schlitten saubermachen."

Er küsste mich auf den Nacken, und ich erschauerte. „Muss ich das? Außer mir sieht den Schlitten doch niemand. Und immer, wenn ich den Fleck sehe, werde ich an diese Nacht denken."

Ich verdrehte die Augen. „Ich sammle ja auch gern Andenken, aber *echt jetzt?* Und außerdem… Igitt?"

Er lachte erneut, und eine Packung Feuchttücher tauchte auf der Sitzbank vor mir auf. „War nur Spaß." Dann zog er mich hoch, immer noch in mir und die Arme um meine Brust gelegt.

Ich legte den Kopf in den Nacken, lehnte ihn an seine Schulter. „Ich brauche wohl nicht zu fragen, ob wir das mal wieder machen werden."

Sein leises, raues Lachen ließ meinen Körper vibrieren. „Ja, das wäre eine dumme Frage." Dann glitt er mit einem Stöhnen aus mir heraus.

Ich schnappte mir eine Handvoll Feuchttücher, reichte ihm eines und wischte mich rasch sauber, ehe ich meine Jeans hochzog. Als ich mich umdrehte, küsste er mich leidenschaftlich.

„Das war unglaublich. Nein, unglaublich wird dem gar nicht gerecht. Das war das aufregendste Erlebnis meiner ganzen Existenz." Er umfasste mein Gesicht mit beiden Händen. „Und nur du hast es dazu gemacht."

Ich erwiderte den Kuss, doch innerlich brach mir fast das Herz.

Ich kann nicht so weitermachen. Ich kann mich nicht weiter so quälen.

Und in diesem Moment wusste ich, dass ich bei unserem nächsten Treffen ehrlich zu ihm sein musste. Nicht jetzt, nicht so kurz, nachdem wir uns geliebt hatten. Das wäre grausam. Aber er hatte immer gesagt, wenn für einen von uns einmal der Moment käme, an dem er das Gefühl hatte, dass wir aufhören müssten, sollten wir etwas sagen.

Ich wollte nicht, dass es endete. Aber ich konnte so nicht mehr weitermachen.

Als ich vierundfünfzig war

2021

Er erschien neben dem Weihnachtsbaum, und ich zögerte nicht. Ich warf mich in seine ausgebreiteten Arme, und wir küssten uns, legten ein ganzes Jahr Sehnsucht und Herzschmerz in die Küsse.

Als wir uns voneinander lösten, streichelte ich seinen Bart. „Ich weiß, ich sage das jedes Jahr, aber mein *Gott*, ich hab dich so vermisst."

„Ich weiß, mir geht es genauso. Ich glaube, die Mädels haben es allmählich satt, dass ich in ihren Stall komme und ihnen mein Herz ausschütte."

„Passiert das oft?"

Er lächelte. „Nur jeden Tag. Bist du bereit?"

„Ja." Mein Vorsatz, über das zu reden, was mir auf dem Herzen lag, schwand dahin. *Ich kann es ihm nicht sagen. Ich bin alles, was er hat.* Das Wissen um all diese einsam verbrachten Jahrhunderte schwächte meine Entschlossenheit. *Ich kann ihm das nicht antun.*

„Hast du heute mit Ben gesprochen?"

Ich nickte. „Heute Morgen. Ich habe ihn erwischt, als er gerade zur Arbeit gehen wollte."

„Ich habe nie gefragt. Was macht er denn?" Nicholas lächelte. „Ich versuche, deine Familie nicht zu genau zu beobachten. Da käme ich mir zu sehr wie ein Stalker vor."

„Er ist Militärseelsorger. Er ist auf einem US-Luftwaffenstützpunkt in Deutschland stationiert."

„Also deshalb sind sie nach Europa gezogen?"

„Mhm. Er war auf verschiedenen Stützpunkten. Du solltest Becca und Pete mal Deutsch sprechen hören. Nicht, dass das die einzige Fremdsprache ist, die sie beherrschen. Kluge Kinder." Nur, dass sie nicht mehr lange Kinder sein würden. Ich erschrak, als mir klar wurde, dass sie bald zwanzig werden würden.

„Wann hast du ihn zum letzten Mal gesehen?"

„Können wir über was anderes reden?" Ich hatte zwar nichts gegen das Thema, aber jede Minute, in der wir über Ben, meinen Job oder mein Leben redeten, war eine Minute, die wir nicht zusammen verbrachten.

Er seufzte. „Ich verstehe." Er streckte die Hand aus. „Gehen wir."

„Moment." Ich griff nach einem Päckchen, das unter dem Weihnachtsbaum lag. Er warf mir einen fragenden Blick zu, und ich lächelte. „Das ist für dich. Und ja, du darfst es aufmachen, bevor ich hierher zurückkomme."

Seine Augen glänzten. „Ich kann mich nicht erinnern, wann mir zum letzten Mal jemand ein Weihnachtsgeschenk gegeben hat. Kekse und Milch zähle ich nicht dazu."

Ich schwöre, ich hörte im Kopf Dancers ungeduldiges Schnauben. „Ich glaube, wir machen uns jetzt besser auf den Weg."

Als wir in den Schlitten stiegen, wusste ich, dass dieser Weihnachtsabend nicht wie die anderen werden würde, die wir zusammen verbracht hatten. Das Wissen um das, was kommen musste, lag mir schwer auf dem Herzen.

Ich lag in seinen Armen, den Kopf auf seiner Schulter, während mein Herzschlag allmählich wieder in seinen normalen Rhythmus zurückfand. Ich musste unter die Dusche, denn sein Sperma trocknete auf meinem Bauch.

Aber ich konnte mich nicht bewegen.

„Das ist wahrscheinlich das passendste Geschenk aller Zeiten", murmelte er.

Ich lächelte. Ihm eine batteriebetriebene Nachbildung meines Penis' zu schenken war ein echter Geistesblitz gewesen. „Jetzt kannst du mich in dir haben, wenn ich nicht da bin."

„Und auch noch mit Vibration." Er lachte leise. „Ich will ehrlich sein. Mir sind ein paar ganz verruchte Ideen gekommen, als du ihn bei mir benutzt hast."

Ich reckte den Hals. „Zum Beispiel beide gleichzeitig in dir zu haben?"

Er machte große Augen. „Woher weißt du—"

Ich lachte. „Ja, du bist definitiv ein schwuler Mann des einundzwanzigsten Jahrhunderts." Ich ließ den Kopf wieder sinken. Abgesehen vom Knacken der Holzscheite im Kamin war kein Geräusch zu hören.

Wir müssen reden. Nur, dass ich das nicht wollte. Nicht, nachdem wir uns geliebt hatten.

„Einen Penny für deine Gedanken", murmelte er.

„Weiß nicht, ob die so viel wert sind", log ich.

„Wie wär's dann, wenn du mir einfach sagst, was dich quält."

Ich reckte erneut den Hals und runzelte die Stirn.

Er zuckte die Achseln. „Wie lange kenne ich dich nun schon? Lang genug, um zu wissen, dass dir irgendwas schwer zu schaffen macht, was du mir nicht sagst. Also bitte, spann mich nicht länger auf die Folter."

Ich wusste, dass ich es nicht länger hinausschieben konnte.

Ich setzte mich auf. „Ich dachte, ich schaffe das, aber ich kann's nicht."

„Was schaffst du nicht?"

Ich deutete auf das Bett. „Das hier. Dieses Wiedersehen einmal im Jahr, an dem wir essen, reden, lachen, uns lieben und nochmal lieben – das kann nicht so weitergehen."

Das Aufblitzen von Panik war nicht zu übersehen. „Wieso? Warum denn nicht?"

„Weil es nicht reicht!", schrie ich. Meine Stimme hallte von den Wänden wider. Er zuckte zusammen, und ich bereute meinen Ausbruch sofort. „Tut mir leid, aber ich kann nicht so weitermachen wie bisher. Ein ganzes Jahr lang auf eine einzige verdammte Nacht warten. Es vergeht kein Tag, an dem ich nicht an dich denke. Ja, ich mache meinen Job, aber es kommt mir vor, als wäre mein Leben im Wartestand, als würde ich erst anfangen zu leben, wenn du durch meine Tür kommst. Und wenn du mich wieder verlässt…" Gott, das tat so weh.

„Kommt es dir vor, als wäre es zu Ende?"

Ich nickte. „Und was es noch schwieriger macht, dir das alles zu sagen – ich weiß jetzt schon seit einer ganzen Weile, dass—" Ich verstummte.

„Anthony. Sag's mir. Keine Geheimnisse mehr, okay?"

Ich konzentrierte mich auf sein liebes Gesicht, und mein Herz bebte. „Ich liebe dich. Du bist so viel mehr als mein bester Freund. Wenn ich nicht mit dir zusammen bin, möchte ich es sein – aber das kann ich nicht, oder? Ich komme nicht damit klar, nur für einen Tag im Jahr dein Liebhaber zu sein." Ich schluckte. „Es reicht nicht mehr."

Er musterte mich, und das Schweigen, das sich herabsenkte, lastete immer schwerer auf mir, bis es mich fast zu erdrücken schien. Schließlich seufzte er. „Dann musst du eine Entscheidung treffen."

Mein Magen fühlte sich wie Blei an. „Wie meinst du das?"

„Es gibt Optionen, die du in Betracht ziehen musst. Die erste ist, dass wir Schluss machen."

Mir wurde schwindlig und mein Puls raste. *Nein. Nein.*

„Ich habe ja vor vielen Jahren schon gesagt, wenn einer von uns das Gefühl hat, dass das hier nicht funktioniert, sollten wir ehrlich sein und es sagen. Nun… vielleicht ist es jetzt so weit."

Meine Kehle wurde eng. Ich wollte ihn nicht verlieren.

Er schluckte vernehmlich. „Ich will das auch nicht."

Gott sei Dank.

„Was ist die nächste Möglichkeit?", krächzte ich.

„Wir lassen alles so, wie es ist, und machen das Beste draus."

„Aber ich habe dir gerade gesagt, dass ich das nicht kann."

„Ich weiß. Und das bringt mich zur letzten Alternative." Er sah mir tief in die Augen. „Du lässt dein Leben hinter dir, kehrst deiner Welt den Rücken und lebst mit mir in meiner. Für immer."

Oh Gott. Mir wurde ganz flau im Magen. Adrenalin durchströmte mich.

„Ich weiß", sagte er, ohne den Blickkontakt zu unterbrechen. „Ich verlange viel. Du müsstest dich auf ein Leben festlegen, in dem es nur uns beide gibt. Und die Rentiere natürlich."

Sein Versuch, witzig zu sein, ging daneben. „Aber es ist mehr als das, oder? Du bittest mich, mein Leben als Mensch aufzugeben und so zu werden wie du – unsterblich. Habe ich recht?"

Er nickte. „Du würdest für immer so alt bleiben, wie du jetzt bist."

„Aber… ich habe Familie. Du verlangst von mir, auch

ihnen den Rücken zu kehren."

Er starrte mich entgeistert an. „Nein, das würde ich *nie* tun. Aber… du würdest sie nur an einem Tag im Jahr sehen."

Ich begriff. „Du meinst, ich soll am Weihnachtsabend hierher zurückkehren?" Er nickte. „Also, während du dein Ding machst und der Welt Geschenke bringst, wäre ich mit Ben und seiner Familie zusammen? Und wenn du in deine Welt zurückkehrst, würde ich mitkommen?"

„Ja. Ich weiß, das ist viel verlangt."

„Aber es *ist*, worum du mich bittest, oder?"

Sein Gesicht war ernst. „Ja. Ich will dich nicht verlieren. Und dafür gibt es meiner Meinung nach nur einen gangbaren Weg, nämlich dass du zu mir kommst."

Zum ersten Mal verstand ich wirklich, was es hieß, sich innerlich zerrissen zu fühlen.

„Du hast mal gesagt, dass es einen verrückt machen kann, so viele Jahrhunderte allein zu leben."

Er lächelte. „Tja, ich bin nicht verrückt geworden – aber ich weiß nicht, wie *du* mit meiner Lebensweise zurechtkommen würdest. Ich weiß nicht, ob du ohne Einkaufen, Cafés, Arbeit auskommen könntest – ohne Menschen."

Das wusste ich auch nicht. Ich hatte nicht viele Freunde, aber ich war kein Einsiedler.

„Und weil das so eine schwerwiegende Entscheidung ist, erwarte ich keine sofortige Antwort."

„Das wollte ich dich gerade fragen. Wann… wann willst du es wissen?"

Und kann ich diese Entscheidung treffen?

„Wie wär's, wenn ich dir ein Jahr Zeit gebe? Bis zum nächsten Weihnachtsabend?"

Vermutlich wurde ich schon ein Jahr brauchen, um nur mit der enormen Tragweite dessen, was er mir anbot, klarzukommen.

Er hob die Hände. „Ich will dich nicht unter Druck setzen. Es muss deine Entscheidung sein. Aber…“

„Aber?“

„Eins muss du wissen.“ Er hielt inne und schluckte. „Ich liebe dich auch.“

Freudige Erregung durchfuhr mich. *Er liebt mich.* Was mir die Entscheidung nur umso schwerer machte. „Und das nennst du keinen Druck ausüben?“

Mein Herz wurde schwer, als er sich aufsetzte. „Was sollen wir jetzt machen? Willst du hierbleiben und mit mir zu Abend essen – oder willst du lieber nach Hause? Denn es ist mir bewusst, dass ich dir eine schwere Last aufgebürdet habe. Und wir dürften beide nicht entspannt genug sein, um den Weihnachtsabend so wie sonst zu genießen.“

Er hatte die Situation perfekt auf den Punkt gebracht.

„Du hast recht. Ich muss nach Hause.“ Ich schaute nach unten. „Nachdem ich geduscht habe.“

Ich merkte wohl, dass mein Versuch zu scherzen ebenfalls in die Hose ging.

Er breitete die Arme aus. „Komm her.“

Ich sank in seine Umarmung, und er zog mich aufs Bett hinunter. Er drückte mich an sich. „Ich weiß, dass dir im kommenden Jahr sehr viel durch den Kopf gehen wird.“

„Ach, was du nicht sagst.“

Er küsste mich auf die Wange. „Ich werde an dich denken, und ich verspreche, ich werde nicht nach dir sehen. Ich lasse dich in Ruhe.“

Ich war mir nicht sicher, ob mich das tröstete oder traurig machte. „Danke.“

Ich sah mich mit einer Entscheidung konfrontiert, vor der noch nie zuvor ein Mensch auf Erden gestanden hatte – und ich war hin- und hergerissen. Nur eine der

Alternativen, die er genannt hatte, würde mich glücklich machen.

Ich war mir nur nicht sicher, ob ich sie akzeptieren konnte.

„Und jetzt bringe ich dich nach Hause“, murmelte er.

„Es war doch richtig, oder? Dir zu sagen, wie mir zumute ist?“ Denn im Moment war ich mir da nicht mehr so sicher.

„Das war es. Sag immer, was du auf dem Herzen hast.“

„Selbst wenn das… Konsequenzen hat?“

Er umfasste mein Gesicht. „Ja. Ich weiß, ich habe gesagt, ich will dich zu nichts drängen, aber… Jemand hat uns zusammengebracht. Wir sind füreinander bestimmt. Daran glaube ich.“

Das tat ich auch.

„Und das bedeutet, dass ich dieses Jahr voller Hoffnung verbringen werde.“ Er sah mir in die Augen. „Denn mehr kann ich nicht tun.“

„Dann bring mich nach Hause. Ich habe viel nachzudenken.“

Und ein Jahr Zeit dafür.

Die Gegenwart

Die Uhr schlug Mitternacht, und mein Puls beschleunigte sich. *Es ist so weit.*

Nicholas erschien in meinem Wohnzimmer, und er sah besorgter aus, als ich ihn je erlebt hatte. „Hey."

Ich zwang mir ein Lächeln ab. „Hey, du." Längst nicht so eifrig und ungeduldig wie sonst ging ich auf ihn zu, umfasste sein Gesicht mit beiden Händen und küsste ihn. „Hab dich vermisst."

Unsere Stirnen berührten sich. „Ich glaube, ich habe während meiner gesamten Existenz noch nie solche Qualen gelitten wie im vergangenen Jahr. Wie oft wollte ich nachsehen, wie es dir geht…"

„Aber das hast du nicht getan." Irgendwie hatte ich das gewusst.

„Du hast recht, ich habe es nicht getan." Er schluckte. „Ich muss es wissen. Bitte, lass mich keine Sekunde länger warten."

Ich holte tief Luft. „Heute Abend habe ich an all das gedacht, was wir zusammen erlebt haben. So viele Erinnerungen." Ich biss mir auf die Lippe. „Und als wir erst mal angefangen hatten, jede *Menge* Sex."

Er lachte leise.

„Ich habe auch über andere Dinge nachgedacht. Dein liebes Gesicht nicht mehr zu sehen, dein Lachen nicht mehr zu hören, nicht mehr in deinen Armen zu liegen und Musik zu hören, über Bücher und Filme zu reden… die Freude nicht mehr zu erleben, die ich in unserer körperlichen Liebe gefunden habe."

Im Grunde lief alles auf eines hinaus... Es würde nie einen anderen Mann für mich geben. Das wusste ich mit absoluter Gewissheit.

Und in diesem Moment traf ich meine Entscheidung.

„Ich komme mit dir."

Er erstarrte. „Sag das nochmal."

Ich lächelte. „Ich komme mit dir."

Seine Augen leuchteten. Er lächelte strahlend. Und dann riss er mich an sich und umarmte mich so fest, dass mir die Luft wegblieb. „Oh mein Gott. Das hatte ich gehofft. Das hatte ich so sehr gehofft."

Ich streichelte seinen Nacken. „Warte mal eben. Ich bin noch nicht fertig." Mit pochendem Herzen machte ich mich von ihm los.

Er wurde ganz still. „Es gibt eine Bedingung, nicht wahr?"

„Ja. Und die könnte ein entscheidender Faktor sein." Ich hatte lange und gründlich darüber nachgedacht, und nur so würde ich es durchziehen.

„Geht es um deinen Job?"

Ich schnaubte. „Ganz und gar nicht. Ich wollte sowieso vorzeitig in den Ruhestand gehen. Mein alter Chef hat die Firma bereits verlassen, und mein neuer Chef ist ein rotznäsiges kleines Arschloch. Nein, meine Bedingung lautet... wir müssen noch jemanden in das Geheimnis einweihen."

Verdutzt starrte er mich an, dann seufzte er. „Deinen Bruder."

Ich nickte. „Ich kann nicht einfach weggehen und so viele Fragen offenlassen. Ich kann nicht zu meiner Familie sagen: *Ach übrigens, ihr werdet mich nie wiedersehen, nur einmal im Jahr am Weihnachtsabend.* Ich kann ihnen nicht sagen, dass sie mich weder anrufen noch auf ihren Handys sehen können."

„Ich verstehe."

„Das war noch nicht alles." Das ganze letzte Jahr über war ein Gedanke hartnäckig immer wieder aufgetaucht. Ich gab mir alle Mühe, ruhig zu atmen. „Weißt du, was mir an der ganzen Sache am meisten zu schaffen macht? Das Wissen, dass eines Tages meine ganze Familie tot sein wird, und dann bin ich immer noch da und lebe mit dir in einer magischen Welt. Und wenn dieser Tag kommt, weiß ich nicht, wie ich das verkraften soll. Ob ich es verkraften kann."

Er umfasste mein Gesicht mit beiden Händen. „Dann konzentriere dich auf Folgendes. Du wirst sehen können, wie Bens Kinder erwachsen werden. Wie sie selbst Kinder haben. Enkelkinder. Du wirst über künftige Generationen wachen können. Ihnen beistehen. Weil du mit mir zusammenarbeiten wirst, um für sie zu sorgen. Um sie glücklich zu machen." Dann seufzte er. „Aber ich verstehe, dass du nicht einfach weggehen kannst."

Mein Herz raste immer noch. „Also, dann frage ich dich jetzt... lässt du es zu? Erlaubst du mir, Ben zu sagen, wo ich hingehe und wer du bist?"

Bitte, sag ja.

Er legte den Kopf schief. „Soll er es seiner Familie sagen dürfen?"

Darüber hatte ich auch nachgedacht. Ich schüttelte den Kopf. „Nein. Natürlich wird er es Layla erzählen wollen, aber ich weiß nicht, ob sie imstande wäre, dieses Geheimnis für sich zu behalten. Ich bin mir nicht einmal sicher, ob er es kann. Aber ich muss es versuchen."

Nicholas biss sich auf die Lippe. „Wo ist er jetzt?"

„Wie spät ist es jetzt in Deutschland?" Ich wusste, dass er diese Information sofort parat haben würde.

„Sechs Uhr früh."

„Und es ist Weihnachten." Ich sah ihn an. „Dann kann

ich es ihm sagen?"

Nicholas lächelte. „*Wir* können es ihm sagen. Und wir gehen da jetzt sofort hin."

„Aber… ich dachte, niemand kann dich sehen?", fragte ich erstaunt.

„Ich sorge dafür, dass *er* mich sehen kann. Sonst glaubt er dir das nie."

„Aber… er steht bestimmt bald auf, weil er in ein paar Stunden Dienst auf dem Stützpunkt hat. Das heißt, dass Layla und die Kinder auch da sein werden."

„Keine Sorge. Sie werden nicht merken, dass ich da bin. Nur Ben." Nicholas lächelte. „Haben deine Eltern je geahnt, dass ich da war?"

Er hatte recht.

„Dir ist schon klar, dass das nicht einfach werden wird, oder? Er ist einundfünfzig. Er wird handfeste Beweise verlangen. Und selbst dann wird er es vielleicht nicht akzeptieren."

„Und wenn's so wäre?" Er musterte mich. „Ändert das etwas an deiner Entscheidung?"

„Nein, aber der Weihnachtsabend würde dann in Zukunft etwas unbehaglich werden." Ich küsste ihn auf die Lippen. „Wir müssen es versuchen."

Auch Bens Leben würde sich demnächst ändern.

Ich blinzelte. Wir standen in Bens Wohnzimmer. Es war noch dunkel – die Sonne würde erst in ein paar Stunden aufgehen – und alles war still. Die Zweige des Weihnachtsbaums in der Ecke waren mit Lametta und Christbaumschmuck überladen.

„Ich glaube, daran werde ich mich nie gewöhnen“, murmelte ich.

„Woran?“

„Dass du mit den Fingern schnippst, und wir sofort woanders sind.“ Ich sah ihn an. „Und was jetzt? Gehe ich ihn aufwecken? Natürlich ohne Layla ebenfalls zu wecken.“

Nicholas lächelte. „Nicht nötig. Er müsste gleich hier sein.“

Ich wollte ihn gerade fragen, woher er das wusste, als die Tür aufging und Ben in Schlafanzughose und T-Shirt hereinkam. Er ging schnurstracks auf die Küche zu, blieb aber wie angewurzelt stehen, als er uns sah.

„Wie… was…?“ Er rieb sich die Augen.

„Du bist wach“, sagte ich. „Das ist kein Traum.“ Dann wurde mir etwas klar.

Es gab keine Geräusche.

Ich wandte mich an Nicholas. „Du hast die Zeit angehalten, stimmt’s?“

Er nickte. „Und das bleibt so, bis wir wieder gehen. So besteht keine Gefahr, dass wir unterbrochen werden.“

Ben hustete. „Okay, langsam wird es unheimlich. Ich bin nur aufgestanden, weil ich einen ganz merkwürdigen Traum hatte.“ Er starrte mich an. „Und du bist darin vorgekommen. Ich habe geträumt, dass ich in die Küche gehe, um dir einen Kaffee zu machen. Genaugenommen waren du und Santa—“ Er schaute an mir vorbei zu Nicholas, und seine Augen weiteten sich. „Was ist hier eigentlich los?“ Ein Anflug von Furcht huschte über sein Gesicht, dann richtete er sich auf und straffte die Schultern. „Ich glaube, du bist mir eine Erklärung schuldig.“

Ich warf Nicholas einen kurzen Blick zu. „Lass mich raten. Er hat einen kleinen Schubs gekriegt.“

Nicholas zuckte die Achseln. „Das ist mein Beruf, oder?“

Ben runzelte die Stirn. „Meinst du nicht, die Kids sind ein bisschen zu alt für Santa Claus? Ich hoffe, du zahlst dem Mann einen Haufen Geld dafür.“ Dann schüttelte er den Kopf. „Was rede ich denn da? Ich habe immer noch keine Ahnung, wie ihr hier reingekommen seid.“ Er sah mich an. „Was zum Teufel geht hier vor, Anthony?“

Ich deutete auf die Sitzgruppe. „Wollen wir uns nicht setzen? Weil ich glaube, dass du dir das, was ich dir erzählen will, wirklich besser im Sitzen abhören solltest.“

Wortlos setzte er sich, ohne uns aus den Augen zu lassen.

Nicholas und ich ließen uns auf der anderen Couch nieder. Ich machte den Mund auf, und bevor ich etwas sagen konnte, nahm er meine Hand. Ruhe durchströmte mich, und ich warf ihm einen dankbaren Blick zu. Dann wandte ich mich an Ben.

„Bevor ich anfange – ich habe dir doch vor ein paar Jahren mal gesagt, dass es jemanden in meinem Leben gibt.“ Ich deutete auf Nicholas. „Das ist er.“

Ben bekam den Mund nicht mehr zu. „Du bist den ganzen Weg hierhergekommen, um mir deinen *Freund* vorzustellen?“ Er zog die Augenbrauen hoch. „Du hast gar nichts davon gesagt, dass er ein Weihnachtsmann ist.“

Ich holte tief Luft. „Nicht *ein* Weihnachtsmann – *der* Weihnachtsmann. Er ist Santa Claus.“

Ben lachte. „Der war gut.“ Er sah Nicholas an. „Hey. Freut mich, dich kennenzulernen. Wie geht’s Rudolph? Alle Lieferungen für heute erledigt? Solltest du um diese Zeit nicht schon wieder auf dem Rückweg zum Nordpol sein?“

Ich seufzte. „Das ist kein Witz. Sein Name ist Nicholas. Frag mich nicht, wie alt er ist – du würdest es mir sowieso nicht glauben, wenn ich es dir sage. Und ich liebe ihn.“ Ich holte nochmal Luft. „Und wir sind hier, weil… Weil ich von jetzt an bei ihm leben werde, und das heißt, dass sich einiges ändern wird."

Ben starrte mich an. „Hast du getrunken?"

Ich hatte gewusst, dass es nicht einfach werden würde. „Ich bin stocknüchtern. Und alles, was ich eben gesagt habe, ist wahr."

„Ja, klar. Wie du meinst." Er schmunzelte. „Ich träume *wirklich*, nicht wahr? Bestimmt wache ich jeden Moment auf."

„Wir haben nicht viel Zeit", sagte Nicholas seufzend. „Deshalb muss ich dich dazu bringen, deinem Bruder zu glauben." Er schnippte mit den Fingern, und schon standen wir alle drei neben dem Schlitten. Um uns herum gab es nichts als Schnee und Bäume, deren Äste sich unter seiner Last bogen. Weit in der Ferne lag der Stützpunkt mit seinen hellen Lichtern.

Der Wind frischte auf, und Ben fröstelte. „Warum ist mir so kalt? Im Traum friert man doch nicht." Er blickte sich um. „Wie… wie hast du das gemacht?" Er blinzelte. „Moment mal. Ich weiß, wo wir sind. Das… wir sind drei Meilen von meinem Haus entfernt."

Nicholas nickte. „Und ich habe dich hierhergebracht. Durch Magie."

Ben starrte ihn an. „Sowas gibt es nicht."

„Wie willst du es denn sonst erklären? Du neigst nicht zu Halluzinationen, somit kannst du diese Theorie außer Acht lassen. Du glaubst das, was du mit eigenen Augen siehst. Also bleibt dir im Moment nichts anderes übrig, als zu glauben, dass ich bin, was Anthony gesagt hat." Nicholas schnippte erneut mit den Fingern, und wir standen wieder in Bens Wohnzimmer.

Ben drehte ruckartig den Kopf und blinzelte heftig. „Da wird einem ja schwindlig. Lass das gefälligst. Und ich glaube dir *immer noch* nicht. Ich habe vielleicht bisher nie unter Halluzinationen gelitten, aber jetzt habe ich ganz sicher eine."

„Ben", sagte Nicholas leise. Als Ben ihn ansah, deutete Nicholas auf den Fußboden. „Du tropfst."

Ben schaute nach unten, wo der Schnee an den Säumen seiner Schlafanzughose geschmolzen war und eine Pfütze gebildet hatte.

„Ach du lieber Gott. Es war kein Traum, oder?"

„Ich glaube, jetzt hat er's kapiert", murmelte ich.

Ben plumpste auf die Couch. „Willst du mir ernsthaft erzählen, dass mein Bruder mit… *Santa Claus* zusammen ist? Dass es Santa Claus… wirklich gibt?"

Ich setzte mich neben ihn. „Ich kenne ihn seit meinem zwölften Lebensjahr. Ich wollte ihn, seit ich Mitte Dreißig war. Und ich liebe ihn jetzt schon seit einer ganzen Weile. Unsere gemeinsame Zeit beläuft sich auf jeden Weihnachtsabend seit 1979, aber das reicht nicht mehr, und deshalb habe ich eine Entscheidung getroffen. Wir sind hier, weil das auch Auswirkungen auf dich haben wird."

Ben schluckte. „Du machst mir Angst."

„Wenn das bedeutet, dass du mir allmählich glaubst, dann bitte, hab Angst." Ich holte erneut tief Luft. „Er hat mich gebeten, bei ihm zu leben, in seiner Welt, und ich habe ja gesagt, aber–"

„In seiner Welt?"

Ich nickte. „Vergiss den ganzen Mist von wegen Nordpol, ja? Ich war schon oft in seiner Welt, und die ist so weit vom Nordpol entfernt, wie es nur geht, okay? Und ich habe mich zwar bereit erklärt, mit ihm zu gehen, aber die Sache hat einen Haken. Womit wir wieder bei der Frage wären, warum wir hier sind."

Ben wurde ganz still. „Red weiter."

„Ich würde für immer dorthin gehen. Für alle Zeit." Ich deutete erneut auf Nicholas. „Er wusste, dass ich nicht einfach so weggehen konnte, ohne meine Familie je wiederzusehen. Deshalb haben wir uns geeinigt, dass… ich für eine Nacht im Jahr hierher zurückkommen darf. Am Weihnachtsabend." Ich schluckte. „Aber ich habe eine Bedingung gestellt. Ich musste erst hierherkommen und dir alles erklären." Ich sah Ben liebevoll an. „Und Nicholas war bereit, dich in sein Geheimnis einzuweihen, sich dir zu zeigen – nur dir."

Ben fragte stockend: „Eine Nacht?"

Ich zog die Augenbrauen hoch. „Eine Nacht ist besser als nichts. Auf diese Weise verschwinde ich wenigstens nicht ganz aus eurem Leben. Jedenfalls für eine Weile."

„Was soll das heißen?"

Nicholas beugte sich vor. „Anthony wird nicht altern. Er wird immer so bleiben, wie du ihn jetzt siehst." Seine Augen funkelten. „Und das dürfte nicht ganz einfach zu verstehen sein, meinst du nicht auch? Deshalb wird er irgendwann nicht mehr zu Besuch kommen, und du wirst deiner Familie zuliebe so tun müssen, als wäre er gestorben. Sie dürfen die Wahrheit nicht wissen."

„Warum nicht?"

„Glaubst du wirklich, sie könnten so ein Geheimnis für sich behalten?"

Ben schaute finster drein. „Nein. Ich glaube nicht, dass sie das könnten. Um ehrlich zu sein bin ich mir nicht einmal sicher, ob ich das kann. Aber was sage ich Layla, Pete und Becca?"

„Sie sehen mich sowieso nicht so oft, wenn du mal darüber nachdenkst. Ein Tag im Jahr ist nicht völlig abwegig." Ich sah ihn an. „Kommst du damit klar, mich nur einmal im Jahr zu sehen?"

„Bleibt mir ja wohl nichts anderes übrig, oder?" Bens

Stimme bekam einen leicht bitteren Unterton. „Und was, wenn es mal einen Notfall gibt? Was ist, wenn ich dich brauche? Wie in aller Welt soll ich dich kontaktieren? Denn für mich hört sich das nicht so an, als *wärst* du überhaupt auf dieser Welt."

Ich wandte mich an Nicholas. „Er hat recht. Daran habe ich nicht gedacht."

Nicholas lächelte. „Dann bleibt ein Kanal das ganze Jahr über offen. Dann weiß ich sofort Bescheid, wenn irgendwas ist."

„Kanal?" Ben runzelte die Stirn.

„Es ist… kompliziert", sagte ich. „Du brauchst nur zu wissen, dass wir alles mitbekommen, was hier passiert."

Ben blickte sich prüfend im Zimmer um. „Habt ihr Kameras hier, von denen ich nichts weiß?", scherzte er. Dann seufzte er. „Ich verstehe immer noch nicht, warum du mit ihm gehen musst."

Ich kniete vor ihm nieder und nahm seine Hände in meine. „Du hast *dein* Glück – Layla, Pete, Becca, einen Job, den du liebst…" Ich sah ihm in die Augen. „Tja, Nicholas ist *mein* Glück."

Er lächelte schief. „Und das will mir immer noch nicht in den Kopf. Santa Claus – schwul."

„Er war schon immer schwul. Es *gibt* keine Mrs. Claus. Und… ich hätte gern deinen Segen."

Tränen schimmerten in seinen Augen. „Was sollte ich denn dagegen noch sagen?"

„Dann… habe ich deinen Segen?"

Ben lächelte und wischte sich über die Augen. „Ich glaube, mein Verstand holt gerade auf. Ich bekomme dich einmal im Jahr zu sehen – und du kannst die übrige Zeit mit dem Mann verbringen, den du liebst. Ich glaube, das versteht sich von selbst, oder?"

Ich umarmte ihn ganz fest. „Danke. Danke."

„Hab dich lieb, Bro", flüsterte Ben. Dann brach er in Gelächter aus.

„Was gibt's denn da zu lachen?", fragte ich und ließ ihn los.

„Mir fällt nur gerade ein… oh, mein Gott, die *Ironie*." Ich sah ihn verwundert an, und er grinste. „Warst nicht *du* derjenige, der mir damals gesagt hat, dass es Santa gar nicht gibt?"

Okay, ja, das war ziemlich witzig, wenn ich jetzt so darüber nachdachte.

Ich stand auf, und Ben reichte Nicholas die Hand. „Ich bin wirklich froh, dass wir uns kennengelernt haben."

„Ich auch." Nicholas' Augen funkelten. „Was ist eigentlich aus deinem Gummi-Superman geworden?"

„Meinem–" Ben starrte ihn fassungslos an. „Woher weißt du–" Er verdrehte die Augen. „Dumme Frage."

„Das war mein Geschenk an *dich*." Dann zögerte Nicholas, und ich fragte mich, was wohl als Nächstes kam. „Aber jetzt könntest du *mir* ein Geschenk machen, wenn du dazu bereit wärst."

Ben blinzelte. „Ich bezweifle, dass ich Santa Claus irgendwas schenken könnte, das er sich nicht selbst beschaffen kann", sagte er schmunzelnd.

Nicholas' Atmung beschleunigte sich, und mir wurde klar, dass ich ihn noch nie in diesem Zustand erlebt hatte.

Er war nervös.

Er holte tief Luft. „Die Sache ist die… ich bin ziemlich altmodisch. Und wenn ich einen Mann bitte, mit mir in meiner Welt zu leben, sich für immer an mich zu binden… dann möchte ich ihm vorher einen Ring an den Finger stecken."

Moment mal… was hat er da eben gesagt?

Als mir *wieder* die Worte fehlten

Nicholas griff unter seinen Umhang und förderte eine kleine, mit schwarzem Samt überzogene Schachtel zutage. „Anthony denkt, wir wären hier, um dich um deinen Segen zu bitten. Aber sobald ich erfahren habe, was du beruflich machst, war mir klar, dass ich mit einem Hintergedanken herkomme."

Ben stockte der Atem. „Oh, mein Gott. Du willst, dass eine Trauung durchführe."

Das hatte ich *nicht* kommen sehen.

Nicholas nickte. „Ich bezweifle allerdings, dass du schon einmal zwei Männer getraut hast."

Ben grinste. „Und da liegst du falsch. Auf diesem Stützpunkt gibt es zwei Soldaten, die vor mir gestanden und Ringe getauscht und sich das Jawort gegeben haben. Niemand weiß davon, nur wir drei." Sein Adamsapfel hüpfte. „Und es wäre mir eine Ehre, euch beide zu verheiraten."

Ich hustete. „Entschuldigung? Habe *ich* dabei vielleicht auch was mitzureden?"

Nicholas machte ein langes Gesicht. „Willst du mich denn nicht heiraten?"

Ich verdrehte die Augen. „Was glaubst du wohl? Natürlich will ich das. Aber ich möchte trotzdem *gefragt* werden, weißt du? So, wie es sich gehört?" Ich schaute bedeutungsvoll auf den Teppich und räusperte mich.

Er lachte. „Na ja, da ich das schließlich nur einmal machen werde…" Er kniete vor mir nieder und hielt die

Ringschatulle hoch. „Anthony James Gordon, willst du–“

Plötzlich weinte ich, aber vor Glück. Nach Jahrzehnten bekam ich jetzt endlich, was ich gewollt hatte – Nicholas, ganz für mich allein.

Nicholas betrachtete mich mit offensichtlicher Besorgnis, und ich wusste, ich musste mich zusammenreißen. „Du kennst meinen zweiten Vornamen?“ Wieder verdrehte ich die Augen. „Was rede ich denn da? Du weißt alles.“

Er warf mir einen gespielt bösen Blick zu. „Ähm, hatten wir nicht gerade was Wichtiges vor?“

Ich setze ein ernstes Gesicht auf und tat mein Bestes, um nicht zu lachen. „Tut mir leid. Mach weiter.“ Innerlich vibrierte ich.

Er hustete. „Anthony James Gordon, willst du mir die Ehre erweisen, mein Ehemann zu werden? Willst du mein Leben mit mir teilen…“ Seine Augen funkelten. „Wie lang es auch sein mag?“

Erneut erfüllte mich übersprudelnde Freude, und diesmal konnte ich mich nicht beherrschen. Ich lachte. „Natürlich will ich. Jetzt komm hoch und küss mich.“

Er sprang auf, und gleich darauf lagen wir uns in den Armen und küssten uns unter Tränen. Ben weinte auch und wischte sich mit seinem T-Shirt die Augen. Als wir aufhörten zu weinen, legte Ben jedem von uns eine Hand auf die Schulter.

„Dann wollen wir mal.“

Wir standen vor ihm und hielten uns an den Händen, und Ben forderte uns auf, unser Bekenntnis zueinander in Worte zu fassen. Ich brauchte einen Moment, um meine Gedanken zu formulieren. Aber schließlich wandte ich mich Nicholas zu, und mein Herz war so voll, dass ich das Gefühl hatte, es müsste gleich platzen.

„Danke, dass du in mein Leben gekommen bist und mir etwas gegeben hast, an das ich glauben kann. Ich trage jeden Moment, den wir je zusammen verbracht haben, in meinem Herzen, und dort ist noch Platz für viele, viele weitere. Ich verspreche, dich zu unterstützen, dir zu helfen, wo ich kann, und dein Fels zu sein. Denn meine Liebe zu dir wird nie nachlassen." Ich schluckte. „So lange ich lebe."

Nicholas drückte meine Hand. Tränen funkelten in seinen Wimpern.

„Danke, dass du mich liebst. Ich hatte meine Einsamkeit akzeptiert, und dann bist du in dieses Wohnzimmer und in mein Leben getreten. Ich hatte keine Ahnung, dass du zu dem Mann heranwachsen würdest, in den ich mich verlieben würde. Aber ich glaube, dass dich jemand genau dafür in mein Leben gebracht hat." Seine tiefbraunen Augen richteten sich auf meine. „Ich liebe dich von ganzem Herzen, und ich werde dich immer lieben, bis die Sterne erkalten." Er steckte mir den Ring an den Finger und küsste ihn.

„Es ist mir eine Ehre – und eine Freude – euch für verheiratet zu erklären." Ben schmunzelte. „Noch eine Trauung, von der nie jemand erfahren wird."

Nicholas küsste mich auf die Lippen und zog mich in eine lange Umarmung, bei der mir ganz warm ums Herz wurde. „Ich liebe dich", flüsterte er.

„Und ich liebe dich auch."

Ben wischte sich die Augen. „Ich wünschte, Mom und Dad hätten das miterleben können."

Meine Kehle wurde eng. Das wünschte ich auch.

Nicholas griff unter seinen Umhang und zog einen länglichen Umschlag hervor. „Uns bleibt nicht viel Zeit." Er warf mir einen Blick zu. „Wir können nur noch bis zur Morgendämmerung in New Hope bleiben, dann müssen wir gehen."

Ich machte große Augen. „Ich ziehe *heute* um?"

Er nickte. „Wir haben nur diese eine Nacht. Und vorher gibt es noch etwas zu erledigen." Er gab mir den Umschlag, und ich spähte hinein.

Ich runzelte die Stirn. „Aber… das ist die Besitzurkunde für mein Haus. Warum hast du die?"

„Schau genauer hin."

Ich gehorchte. Oh. *Oh.* „Ah. Ich verstehe."

Nicholas lächelte. „Ich habe schon immer gesagt, dass du ein kluger Mann bist."

Ich hielt Ben den Umschlag hin. „Der ist für dich."

„Aber…"

„Mach ihn auf."

„Aber ich weiß, was da drin ist. Ich versteh nur nicht, warum–"

„Ben, bitte tu mir den Gefallen, ja?"

Er zog die Dokumente aus dem Umschlag und musterte sie stirnrunzelnd. „Aber… da steht mein Name drauf."

Ich nickte. „Ich habe von heute an keine Verwendung mehr für ein Haus. Somit gehört es jetzt dir, und du kannst damit machen, was du willst. Du kannst es vermieten, verkaufen – oder behalten. Eines Tages gehst du in Rente, und es ist wirklich schön dort." Ich lächelte. „Fröhliche Weihnachten."

Ben fiel mir um den Hals. „Danke."

„Und jetzt müssen wir wirklich gehen." Nicholas umarmte ihn. „Fröhliche Weihnachten, Schwager."

Bens Augen weiteten sich. „Oh mein Gott. Ich bin mit Santa Claus verwandt."

Er stand immer noch mit offenem Mund da, als wir von dort verschwanden.

Ich stieg in den Schlitten. „Kriegen wir das alles rechtzeitig hin? Ich hab ganz schön viel Kram in diesem Haus."

Nicholas lachte. „Und wieviel passt in diesen Schlitten?"

Da hatte er mich erwischt.

Wir sausten durch den Himmel in Richtung USA, und mir war so leicht ums Herz, ich schwöre, es hätte auch allein dorthin fliegen können. „Wow. Das nenne ich mal ein Weihnachtsgeschenk." Ich grinste. „Ich habe einen Ehemann gekriegt."

Seine Hand umfasste meine. „Glücklich?"

„Unglaublich glücklich. Aber auch ein bisschen panisch, das muss ich zugeben. Schaffen wir das alles in einer Nacht?"

Er neigte sich zu mir und küsste mich auf die Wange. „Entspann dich. Ich bin der Weihnachtsmann, schon vergessen?" Er hielt inne. „Ist es okay für dich, wie die Sache mit Ben gelaufen ist?"

„Letztendlich ist es ja gut ausgegangen." Ich formte mit den Händen einen Trichter vor dem Mund. „Hey, Mädels? Ratet mal, wer geheiratet hat?"

Ich schwöre, ich hörte acht Rentiere in meinem Kopf jubeln.

Der Schlitten flog eine Kurve, und wir setzten zur Landung an. Sobald die Kufen die Erde berührten, sackte ich in meinem Sitz zusammen. „Wir haben es geschafft."

„Tut mir leid, dass es ein bisschen länger gedauert hat. Aber ich komme normalerweise mit einem leeren Schlitten heim. Ich hatte das zusätzliche Gewicht nicht mit einberechnet."

Im nächsten Augenblick saß ich auf seinem Schoß und schlang die Arme um seinen Hals. „Aber wir sind hier. Wir sind endlich hier." Ich lachte leise. „Mit so viel Zeug, dass wir zum Ausladen wahrscheinlich eine Weile brauchen werden, aber hey, wir haben ja Zeit."

„Alle Zeit der Welt", flüsterte er.

Erst jetzt begann ich es allmählich zu begreifen. Von jetzt an gab es bis in alle Ewigkeit nur noch ihn und mich, unterbrochen von jährlichen Besuchen bei Ben. Die Aussicht darauf schreckte mich nicht mehr – sie erfüllte mich mit wilder Freude und verdammt viel gespannter Erwartung. Meine mühelose Akzeptanz hatte mir eine Zeitlang Kopfzerbrechen bereitet, aber jetzt wusste ich, woran das lag.

Ich war tatsächlich für ihn bestimmt gewesen.

Nicholas hatte einmal gesagt, dass man ein besonderer Mensch sein musste, um sich an das Leben als Unsterblicher zu gewöhnen. Aber anscheinend war ich so ein Mensch.

Das hier war kein glücklicher Zufall – es war so geplant gewesen.

Darüber konnte ich jetzt nicht nachdenken. Ich hatte zu tun.

„Natürlich", fuhr ich fort, „*könntest* du das alles mit einem Fingerschnippen ins Haus befördern." Ich grinste.

Seine Augen funkelten. „Soso, wir gewöhnen uns allmählich an einen magischen Lebensstil, was?"

„Kann schon sein." Ich küsste ihn auf den Hals, wohl wissend, dass ihn das erschauern lassen würde. Das tat es immer. „Aber je eher wir das alles drin haben, desto eher kommen wir ins Bett, damit ich meinen Ehemann verwöhnen kann."

Er schnippte mit den Fingern. „Und schon ist es erledigt." Nicholas küsste mich auf die Lippen und ließ sich viel Zeit dabei.

Er hatte recht. Wir hatten alle Zeit der Welt.

ENDE

Danksagung

Wie immer geht mein Dank an mein Beta-Team.

Ben Fink, Anthony Gordon – Vielen, vielen Dank!

Die Autorin erkennt an, dass die folgenden Marken rechtlich geschützt sind...
Doctor Who: Doctor Who, BBC

Mehr von K.C. Wells

Schuld
Schritt für Schritt

<u>Dreamspun Desires</u>
Der Verlobte des Senators
Als die Einsamkeit wich
My Fair Brady

Zum Ersten Mal Liebe
Gestern, Jetzt und Auf Ewig
Mehr als ein Sommer mit Rylan

Finns Fantasie
Sein verwöhnter Prinz

<u>Collars & Cuffs</u>
Herz Ohne Fesseln
Vertrauen in Thomas

<u>Persönlich</u>
Persönliche Entscheidungen
Persönliche Veränderungen
Mehr als Persönliche
Persönliche Geheimnisse
Streng Persönlich
Persönliche Herausforderungen

Persönlich - Die Komplette Serie

Jasons Befreiung

Mein Weihnachtsgeist
Ein Weihnachtsversprechen
Das Gesetz der Wunder
Verliebt in Santa Claus

Southern Boys
Truth & Betrayal
Pride & Protection
Desire & Denial

Unverhoffte Liebesgeschichten
Lehre Mich
Vertrau Mir
Sieh Mich
Liebe Mich
Unverhoffte Liebesgeschichten Vol 1

A Material World
Spitze
Satin
Seide
Jeans
A Material World Vol 1 (#1-#3)
Sonne und Schatten
Kels Hüter
Sexting mit dem Boss
Damon & Pete: Spiel mit dem Feur
Der Schöne im Zug
Bären im Wald

Über die Autorin

KC Wells lebt auf einer Insel vor der Südküste Großbritanniens, umgeben von wunderschöner Natur. Sie schreibt über Männer, die Männer lieben, und kann sich ein Leben ohne Schriftstellerei gar nicht mehr vorstellen.

Das Tatoo auf ihrem Rücken, eine Regenbogen-Rose mit den Worten „Liebe ist Liebe" und „Liebe siegt" ist ihre Art, eine Flagge zu hissen. Sie hat vor, noch sehr lange über die Liebe zwischen Männern – ob zärtlich und süß oder heiß und verrucht – zu schreiben.